_____ 드림

단순하게 산다는 것

단순하게 산다는 것

초판 1쇄 인쇄 2018년 8월 10일
초판 1쇄 발행 2018년 8월 17일

지은이 심플빈

발행인 장상진
발행처 경향미디어
등록번호 제313-2002-477호
등록일자 2002년 1월 31일

주소 서울시 영등포구 양평동 2가 37-1번지 동아프라임밸리 507-508호
전화 1644-5613 | **팩스** 02) 304-5613

ISBN 978-89-6518-267-2 03810

단순하게 산다는 것

심플빈 지음

단순한 삶은
본질에 필요 없는
삶의 잉여를
하나씩 버리는
것이다.

경향미디어

전문가들은 자신이 좋아하는 삶, 정말 하고 싶은 일을 해야 우울하지 않고, 스트레스가 없으며, 짜증이 없다고 말한다.

내가 정말 좋아하는 삶은 무엇일까? 그것은 바로 '단순한 삶'이다. 단순한 삶은 본질이라는 목표를 향하여 가는 삶이다. 본질에 필요 없는 삶의 잉여를 하나씩 버리는 것이다. 몸과 마음이 홀가분한 것이다.

그것은 또한 현재에 충실하라는 메시지이다. 지금, 여기에서 가능하다. 단순한 삶, 그것은 요즘 유행하는 정리정돈, 버리기…. 그게 다가 아니다. 본질이 잡혀 있으면 그런 방법론들은 다양하게 창의적으로 구사할 수 있다.

단순한 삶, 그것은 일단 생각이 단순해야 한다. 우리는 복잡한 세상 속에서 숨 가쁘게 살아간다. 먹고 살기에도 바쁘다. 사고 싶은 쇼핑 리스트도 많아서 돈을 더 벌어야 하는 상황이 생기기도 한다. '나'는 돈벌이의 수단으로 전락하고 만다. 나를 돌아볼 여유가 없어진다. 자신의 몸과 마음이 망가져 있다는 사실조차도 모른다.

나도 그랬다. 아프면서 알게 되었다. 나의 삶이 망.가.져. 있음을…. 단순함은 망가진 삶에 힐링이 되어 준다. 단순한 삶은 amor fati이다. 나를 더욱 인정해 주는 것이다. 부족하고 실수투성이이지만, 때론 나 자신이 싫을 때도 있지만, 그럼에도 불구하고 내 운명을 긍정적으로 받아들여 사랑하는 것, 그것이 바로 단순함이다.

단순한 삶에 대한 정의는 끝났다. 이제부터 시작이다.

CONTENT

Prologue 4

타인의 시선에서
나다움으로

집착에서
초연으로

빠름에서
느림으로

복잡함에서
단순함으로

타인의
시선에서
나다움으로
〰〰〰〰

자연의 흐름을 따라

사는 것

단순하게 산다는 것, 그것은 대자연을 닮아 가는 것이다. 사실 자연처럼 단순한 것이 어디 있으랴? 심플 라이프, 그것은 곧 '자연스러운 삶'이다.

"대자연은 삶의 길을 하나로 정해 놓았으니 그 과정을 따라가야 한다. 삶의 단계에는 각각의 특징이 있다. 어린 시절에는 연약함, 청년에게는 격렬함, 중년에게는 무게 있음, 노인에게는 무르익음이 그것이다. 시기마다 이런 특징을 갖추어야 자연스러운 삶이라고 할 수 있다."

키케로의 말이다. 키케로가 말한 자연스러운 삶에 대항하고 싶지 않다. 받아들이고 싶다.

나이 들수록 복잡하고, 엉망이 되는 삶은 피하고 싶다. 가능성을 찾고 싶다. 그러기에 매일 자신을 가꾸는 데 더욱 몰입하고 싶다.

이를 위해서는 단순한 패턴의 생활이 필요하다. 단순한 삶은 자연스럽게 나이 들도록 도와준다. 시간과 공간을 단순하게 관리하다 보면 여유가 생긴다. 그렇게 주어진 여백 속에서 나 자신을 돌아보고 가꿀 수 있다. 자신을 돌아보고 가꿀 수 있는 사람은 얼마나 행복한 사람인가! 얼마나 자연스러운 사람이던가!

지금, 이 순간 단순한 삶으로 리셋한다. 시간과 공간의 여백 속에서 천.천.히…. 그렇게 자연을 닮아 가며, 매일 자신을 가꾸는 삶을 살고 싶다. 나의 소박한 꿈이다.

삶의 의미를 찾는

행위

　　단순하게 살기 위해서는 내 삶의 목적과 의미를
알아야 한다. 자기 자신을 정확하게 알아야 한다. 하다못해
옷을 입으려 해도 자신이 추구하는 스타일, 자기에게 잘 어
울리는 스타일을 알고 있어야만 심플한 衣생활을 할 수 있
다. 옷을 통한 내 삶의 의미를 알고 있어야 한다. 나만의 개
성, 취향을 알아야 하고, 자신의 현재를 알아야 한다.

의식주를 포함한 내 모든 생활에 단순한 습관이 몸에 배이
게 되면, 내 마음이 보이기 시작한다. 참 신기하다. 그동안
남들이 나를 어떻게 생각하는지만 신경 쓰며 살았는데, 단

순하게 살다 보니 나답게 살고 있는 나를 보게 된다. 이는 곧 내 몸과 마음이 홀가분해졌기 때문이다. 이제는 더 이상 타인과 비교하지 않기 때문이다.

단순하게 살면 정체성이 확립된다. 사람은 정체성이 확립되어야 행복하게 살 수 있다. 정체성이 확립되지 않으면 다른 사람의 눈치를 보게 되고 그렇게 습관화되면 나의 라이프 스타일을 잃어버리게 된다. 결국, 우울해진다.

단순한 住생활을 하다 보면 공간이 비워져서 생각 또한 단순해진다. 인생을 살다 보면 최선의 선택을 하지 못해 땅을 치며 후회하는 경우가 얼마나 많은가? 그래서 선인들은 눈뜨고도 허방을 짚는 것이 인생이라 표현하지 않았던가? 때로 순간의 선택이 평생을 좌우하기도 한다. 최선의 선택은 아무나 할 수 있는 게 아니다. 바쁜 일상에 쫓겨 쌓여 있는 일만 처리하며 살아가는 하루살이와 같은 사람들은 할 수 없다. 핵심을 볼 수 있는 사람만이 할 수 있다. 정체성이 확립된 사람만이 할 수 있다.

지저분한 주변 환경은 일상도 어수선하게 한다. 마음도 어지럽게 한다. 지저분한 기운으로 가득 차면 정체성을 확립하기 어렵다. 이것이 바로 삶을 단순하게 관리해야 하는 이유이다.

결국 삶의 의미를 찾기 위하여 '심플'을 선택하고, 이에 집중해야 한다. 뭔가를 선택했다는 것은 반대로 뭔가를 버렸다는 뜻이다. 뭔가에 집중한다는 것은 그렇지 않은 일을 줄여야 한다는 것이다. 심플 라이프는 버리는 것이 다가 아니다. 물건을 적게 소유하는 것이 다가 아니다.

"무소유란 아무것도 갖지 않는다는 것이 아니라 불필요한 것을 갖지 않는다."는 뜻이다. 법정 스님의 말이다.

단순한 삶을 살다 보면 자연스럽게 비움에 대한 욕구가 생긴다. 내 삶의 의미를 잘 담아내는 그릇으로 성장하게 된다. 단순함을 추구하면 본질이 보인다. 집중력이 생긴다. 이는 업무 능력으로도 이어진다. 단순한 사람은 업무 능력도 탁월하다.

심플 라이프, 그것은 삶의 의미를 찾는 행위이다. 나의 삶에 의미가 부여된다면 이보다 더 좋을 수 없다!

My

Way

나의 길을 찾았고, 잘 가고 있는지…. 나는 아직
도 잘 모르겠다. 그 말은 나를 위해 살지 않았다는 것이리
라. 누구의 아내, 누구의 딸, 누구의 엄마, 누구의 직원, 누구
의 선배, 누구의 후배, 누구의 며느리…. 이렇게 복잡한 관
계의 틀 속에 갇혀 살다가 나를 상실했다. 그래서 가끔 우
울하기도 하고, 짜증이 밀려오기도 했던 듯…. 그건 삶 속
의 목마름이었다.

이제는 복잡한 역할만을 감당하기 위해 살아서는 안 되겠
다는 느낌이 든다. '나의 길'을 찾아야 한다. 일단, 내면의 목

소리에 귀를 기울여야 한다. 나는 누구인지, 어느 길을 가고 싶은지, 내가 좋아하는 스타일은 무엇인지, 추구하는 이상은 무엇인지 등…. 그 모든 것을 가장 잘 아는 사람은 가족도 멘토도 아닌 바로 나이다. 이제는 처해진 복잡한 역할을 벗어 버리고 '나의 길'을 찾을 것이다.

'나의 길'을 찾기 위해서는 일상을 단순하게 유지해야 한다. 주변이 복잡해지면 또다시 당장 맡겨진 역할을 하느라 나를 잃어버릴 테니…. 어수선한 일상 속에서 나를 놓쳐 버릴 테니…. 나만의 방에서 나의 목소리를 경청하는 습관을 만들어 보자. '나'라는 사람을 깊이 탐구해 보자. 소박한 삶을 실천하며, 조화로움 속에서 '나의 길'을 찾아보자.

자기 일을

사랑한다

하루 삼분의 일 정도의 시간을 일터에서 보내는데, 일이 재미없다면 얼마나 불행할까? 나에게 주어진 일이 무엇이든 그 일을 사랑하는 태도야말로, 단순하게 사는 것이다.

최선을 다하여 자기 일을 할 때 삶의 만족도는 커진다. 일을 통해 기쁨을 누릴 수 있기 때문이다. 그러나 일이 그저 그런 돈벌이의 수단으로 몰락해 버리면, 내 인생 전체가 객체가 되어 버린다. 이런 삶은 만족스럽지 않다. 매사가 귀찮아진다.

직장에서든 집에서든 주체가 되어 자기 일을 사랑하면 창조적인 기쁨이 솟아오른다. 이런 사람은 일할 때 기쁘게 하고, 쉴 때 가뿐하게 쉬며, 일과 휴식의 패턴을 조절할 수 있다.

주어진 일이 무엇이든 자신의 일을 사랑하고 볼 일이다. 그러면 일의 우선순위를 파악하기가 쉽고, 일처리를 효율적으로 하게 되어 일에 대한 심플한 시스템이 생기게 된다.

인생은 일터와 가정에서의 소소한 일상이 모여 완성되어 가는 작품이다. 이 평범한 일상에서 기쁨을 맛보는 것이 바로 행복이다. 물론 일탈의 기회인 휴가도 삶의 활력을 주겠으나, 자신의 일을 사랑하는 태도야말로 일상을 더욱 활기차게 해 준다.

때로 힘든 순간이 올 수도 있다. 그럴 땐 버텨 보는 것도 하나의 기술이다. 이것 또한 삶의 일부분이다. 잠잠히 버텨 내는 태도는 자기 일을 사랑한다는 증거이다. 자기 일의 모든 상황 속에서 가치를 누리는 것이다. 이런 가치를 누리는 것이야 말로 단순하게 사는 것이다.
니코스 카잔차키스가 말했다.
"현실은 바꿀 수 없다. 현실을 보는 눈은 바꿀 수 있다."

오늘도 나는 열정을 갖고, 나의 일에 최선을 다해야겠다.

나를 돌아볼

여유 갖기

    결혼 후 십여 년 동안 육아와 살림, 직장 생활을
병행하며 몸도 마음도 많이 지쳐 있었다. 가정과 직장에서
의 다양한 역할과 책임을 다하느라, 아이 뒷바라지하느라,
여간 지치는 게 아니었다. 하루 24시간으로도 부족한 삶을
살았다. 이 위기의 삶을 단순한 삶으로 전환시킨 지는 얼
마 되지 않았다.

그 사이 단순한 생활을 유지하면서 이제는 나를 돌아볼 여
유가 생기게 되었다. 모든 것을 내려놓았다. 그러나 아깝지
않았다. 홀가분했다. 그동안 목표를 향한 과정들이 전혀 행

복하지 않았기 때문이다.

그렇다. 지금 행복해야 미래에도 행복한 것이다. 지금의 과정을 즐길 수 있어야 결과도 좋은 것이다.

내려놓은 결과, 나를 돌아보며, 이 순간을 즐기는 법을 알게 되었다. 지금도 일을 열심히 한다. 무엇보다 즐겁게 한다. 일을 하며 나만의 시간을 즐긴다. 모든 일을 내 이름 석자로 하고, 열정을 다한다.

이제는 아이들도 꽤 자랐다. 엄마의 손길이 예전처럼 많이 필요하지 않다. 예전에는 퇴근 후에 혼신의 힘을 다하여 아이들을 양육했다. 무엇보다 자기 주도적 학습 습관과 독서 습관을 키워 주고자 많은 노력을 했다. 퇴근 후에도, 늘 책을 읽어 주고, 밥을 챙겨 주고, 자장가를 불러 주곤 했다.

아이들은 어느 정도 자라고 나면 엄마로부터 한 걸음 떨어져 있고 싶어 한다. 이 타이밍을 잘 포착해야 한다. 전문가의 말이다. 이 타이밍에 아이는 스스로 생각하고 행동할 자유를 찾고, 엄마는 본연의 모습을 회복해야 한다.

이제는 아이들로부터 어느 정도 시간과 공간을 두려고 노력한다. 아이들에게 나의 시간을 올인하지 않는다. 아이들도 엄마의 품을 벗어나길 바라기 때문이다.

이 타이밍에 아이들과 나를 위해서, 가정에서의 다양한 역할과 책임을 내려놓고 오로지 나만을 돌아본다. 여유를 가져 본다. 엄마도 아내도 직장인도 아닌, '나'에 집중한다.

여유를 가지니 가정과 직장에서의 존재감도 더욱 커지고, 가족들을 더욱 사랑하게 된다. 단순한 패턴으로 살다 보면 나를 돌아볼 여유가 생긴다. 버지니아 울프가 말한 자기만의 방이 생긴다. 이 방에서 나 자신의 성장을 꿈꾼다.

나를 돌아볼 시간과 공간의 여유가 있다는 것은 인간으로서의 존엄성을 지키며 산다는 것일 게다. 지금, 이 순간, 품위 있게 산다. 여유가 생겨 감사할 뿐이다. 단순한 삶이 준 선물이다.

"사람은 누구나 자신의 인생을 책임져야 한다. 과
거의 트라우마가 클지라도 과거가 현재를 지배하도록 하
면 성장할 수 없다."

아들러의 말이다. 지금, 여기에서, 나 자신을 위해 살아야
한다.

여자는 결혼과 동시에 가정의 복잡한 관계와 역할 속에서
살아간다. 자기보다 남편과 아이를 위한 삶을 살아간다. 본
능인 것 같다.

물론 가족을 위한 삶은 중요하다. 그러나 맹목적인 희생일 뿐이라면 다시 한 번 생각해 볼 필요가 있다. 가족을 내팽개치라는 의미가 아니다. 더불어 사는 삶 속에서 고유한 자신만의 라이프 스타일과 아름다움을 추구하라는 뜻이다.

「생로병사의 비밀」이란 프로그램을 자주 보곤 했다. 죽음을 앞둔 50~60대 여자 중환자들은 인터뷰 도중 대부분 이런 말을 했다.

"내 평생 가족을 위해 열심히 일했다. 열심히 뒷바라지했다. 가족을 위해 열심히 돈도 벌었다. 그러나 결과는 병든 몸이다."

희생의 결과가 병든 몸이라면 결코 옳은 선택이 아니다. 자신을 위해서, 가족을 위해서도…. 그 누구도 내 인생을 대신 살아 줄 수 없다.

우리는 때로 매스컴에 의해, 전통에 의해 아무 생각 없이 나의 인생을 결정한다. 심지어는 매스컴에 많은 시간을 낭비하기도 한다. 일례로 연예인의 사생활이 나의 사생활인 양 감정이입을 하며 많은 시간을 낭비한다.

남들이 다 대학은 SKY 정도는 가야 한다니까, 대기업에 들어가야 한다니까, 나의 길과 상관없이 무조건 남의 길을 따라간다.

이러다가 자기 인생보다 타인의 인생에 개입하며 평생을

마무리할 수도 있다.

정작 우리에게 자기만을 위한 시간과 공간은 거의 없다. 지금, 여기에서, 오로지 나만을 위한 시간을 만들자. 오로지 나만을 위한 공간을 만들자. 샘물이 솟아나지 않으면 남에게 퍼 줄 수도 없다. 나의 샘물이 마르지 않도록 오로지 나의 삶을 살아가자.

깊은 곳에서 샘물이 솟아나면 자연스럽게 남에게로 흘러간다. 그건 희생이 아니라 자연스러운 도움의 흐름이다. 무심코 흘러가는 세월 속에서 'My Life'를 축제로 즐기자. 남 신경 쓰지 않고, 오로지 내 삶의 축제를 즐기면 그만이다. 내 삶에 더욱 열정을 갖고, 내 일상을 단순화시키며, 좋아하는 음악을 들으며 이데아를 느껴 보자. 내가 사랑하는 것들에 의미를 부여해 보자.

변화

사람은 아프고 나면 변하기 마련인가 보다. 아프고 나서 모든 걸 내려놓는 연습을 시작했다. 마음을 내려놓으니 어지러운 주변이 보이기 시작했다. '주변을 비우고, 마음을 비우고, 주변을 비우고, 마음을 비우고…'를 계속 반복했다. 참 신기했다. 그 동안 한 달에 한 번 보이던 방바닥의 먼지가 매일 보이기 시작했다. 수납장에 쌓인 쓰지도 않는 새 그릇들이 보이기 시작했다. 그때부터 주변의 잡동사니, 마음의 잡동사니를 버리기 시작했다. 그렇다. 변화와 성숙의 삶을 살기 위해 비우기 시작했다.

나는 변했다. 때로는 '병'이 선물이 되기도 한다. 아프면서 여러 역할을 내려놓고, 오로지 나 자신을 마주하기 시작했다. 나와 마주하기 시작하면 주변의 삶도 다르게 보이기 마련이다. 가벼운 삶, 단순한 삶을 동경하게 되었다.

그리고 지금은 그런 삶을 체화시키기 위해 습관을 들이는 중이다. 단순한 습관을…. 습관은 운명을 만든다고 했으니…. 아마도 내 앞에 좋은 운명이 기다리고 있을 게다.

있는 모습

그대로

"인간의 삶은 연극에 불과하다."

철학자 에픽테토스의 말이다. 로마의 연극 무대에서 배우들은 가면을 쓰고 연기를 했다고 한다. 이 가면을 페르소나라고 부른다. 우리네 삶도 각각의 맥락에서 가면을 쓰고 살아간다. 나이가 들수록 가면의 개수도 많아지고, 때로는 그 속에서 지쳐 간다.

이때야말로 침묵의 공간에서 성찰해야 할 타이밍이다. 성찰하면서 나의 본연, 자기 자신을 살펴보아야 한다. 단순하게 삶을 정리하다 보면 이 순간을 기다리게 된다. 각각의 삶의 맥락에서 나 자신을 찾으며 있는 모습 그대로 표현하고자 할 때 균형 잡힌 삶을 살 수 있다.

나무는 있는 그대로의 모습으로 성장한다. 그러면서 조화롭게 숲을 이루어 간다. 이처럼 단순한 삶은 자신의 모습을 자유롭게 표현하면서 세상과 조화를 이루는 자연스러운 노력이다. 자신을 있는 모습 그대로 받아들이며 건강하게, 단순하게 관리해 가면 된다. 있는 모습 그대로라면 다양한 역할의 가면을 감당할 여유가 생길 것이다. 자신감과 더불어.

자신의 존재를 있는 그대로 받아들이지 못하면 경제적으로도 불행해진다. 반면, 있는 그대로의 모습을 받아들인다면 과시비용이 절약되어 경제적으로도 좋다. 타인의 욕망으로 보는 '나'가 아닌, 있는 그대로의 '나'를 보게 되면, '내가 왜 안티 에이징에 목숨 걸지? 왜 외제차에 목숨 걸지? 왜 명품에 목숨 걸지?' 등의 의문에 대해 답을 찾게 된다.

단순한 삶은 시간이 지날수록 있는 그대로의 모습으로 회귀하도록 돕는다. 마치 연어가 자기만의 정체성을 지키기 위해 역으로 회귀하는 것처럼…. 이처럼 단순한 삶은 나답게 살아가도록 길을 안내한다.

인간은 있는 그대로의 모습으로 나답게 존재할 때, 자유롭다. 자연스럽다. 안타깝게도 현대 사회에서 있는 모습 그대로의 나다움을 지켜 내는 것은 쉽지 않다. 약간의 용기와 생각의 전환이 필요하다.

그렇다. 단순함을 향한 생각의 전환이 필요하다. 있는 모습 그대로 자신을 받아들이는 것은, 단순함 그 자체이다.

거울

앞에서

단순하게 살다 보니, 거울을 자주 들여다보게 된다.
심호흡을 하며 자신을 돌보게 되고,
자신을 돌보다 보니 몸에 대한 예의도 갖추게 된다.
조용한 시간에, 그윽한 조명 아래서,
거울을 보며 나를 돌이켜본다.

내가 원하는 모습의, 건강하고 가벼운 몸일 때
자신감도 커진다.

몸은 영혼의 집이라고 했던가?

영혼의 기쁨을 맛보려면 몸의 기쁨도 느낄 수 있어야 한다.
그러고 보면 몸은 영혼을 위한 필요충분조건이다.
몸과 영혼의 조화, 이것이 단순한 삶이다!
조화로운 삶이다!

그 동안 나 자신을 들여다볼 시간이 없었다.
그래서 거울을 들여다볼 여유도 없었다.
몸을 방치하다시피 했다.

이제는 몸을 들여다보며 속삭인다.
사랑한다는 말… 그동안 애썼다고 위로의 말을 건넨다.
늙어가는 내 모습도 잘 부탁한다고….
거울을 들여다보면,
내 몸이 보이고, 최선을 다해 나 자신을 보살피게 된다.
멋진 존재임을 칭찬하게 된다.
단순하게 살고 볼 일이다.

나 자신이

매력적으로 보이기

시작한다

사람은 하루 종일 가족이나 친구, 혹은 직장 동료 등 타인과 함께 살아간다. 때로는 남 뒤치다꺼리하다가 하루가 다 가기도 한다. 특히 주부는 가족들의 식사를 챙기느라, 가족들의 스케줄을 챙기느라 하루가 다 가기도 한다.

하지만 사람은 자기 자신으로 살지 못할 때 우울해진다. 버지니아 울프는 그저 다른 무엇이 아닌 자기 자신이 되는 것이 훨씬 중요한 일이라고 말했다. 하루 10분이라도 혼자만의 시간을 가져야 하는 이유이다.

10분이라도 자기 자신을 돌아보며, 자신과 진정한 대화를 나눌 필요가 있다. 이런 과정을 통해 자신을 소중히 하는 습관이 생긴다. 자립하는 습관을 갖게 된다.

비움의 일상을 통해 혼자만의 시간을 갖게 되었다. 아니, 반대로 혼자만의 시간을 갖기 위해 심플하게 살았는지도 모르겠다. 소처럼 최선을 다해 살았지만, 내 삶은 끊임없는 목마름의 연속이었다. 그때부터 내 삶을 단순하게 유지하기 시작했다.

처음부터 혼자 있는 것을 즐긴 건 아니었다. 외로움을 많이 타기에 소울 메이트가 필요했다. 내 옆엔 항상 친구가 있었고, 심지어는 전화 통화를 몇 시간씩 하곤 했다.

지금은 혼자 있는 시간을 즐긴다. 혼자만의 시간에 특별한 일을 하는 건 아니다. 카페에 들러서 책을 보거나 창가에 앉아 거리를 바라보며 명상을 하거나 글을 쓴다. 침대에 누워 천장을 보며 바흐를 듣는다. 베란다 의자에 앉아 일몰을 구경한다. 때로는 티라미수 케이크를 먹으며 소소한 사치를 부리기도 한다.

하루하루를 열심히 살되, 혼자만의 시간을 통해 쉼표를 찍는다. 이런 시간을 거치면서 삶의 강박, 삶의 집착을 버리기 시작했다. 삶의 즐거움을 알게 되었다. 아름다움을 알게

되었다. 유머와 위트를 갖게 되었다. 어떤 일이 생겨도 이겨 낼 수 있다는 여유와 자신감을 갖게 되었다.

혼자서도 잘 노는 사람은 매력적이다. 요즘 내가 매력적으로 보이기 시작했다.

아름답게

사는 것

자신을 사랑하게 되는 순간, 자신의 몸도 사랑하게 된다. 마음을 비우는 노력을 하다 보면, 어느덧 몸의 군살도 빠지는 경험을 하게 된다. 이처럼 건강한 몸과 마음은 성형, 화장으로 얻어지는 것이 아니다. 심플한 습관을 통해 얻을 수 있다.

일과 살림을 단순하게 관리하다 보면, 침묵 속에서 자신의 몸과 얼굴을 관찰하고, 아름답게 가꾸고 싶은 의욕이 생긴다. 나의 몸과 얼굴을 관찰하는 것은 중요하다. 나이 쉰의 얼굴은 본인이 책임져야 한다는 말도 있다. 얼굴 속에 그

사람의 인생이 녹아 있기 때문이다.

아름다움을 위해 가장 중요한 것은 정갈한 생활 습관이다.
활기 있는 몸과 얼굴은 아름답다. 웃음이 넘친다. 다른 사람
에게 행복 바이러스를 퍼뜨린다. 자신을 잘 가꾸고 돌보는
사람은 진정 아름답다. 자신을 돌보지 않는 자, 유죄이다!
단순하게 산다는 것은, 아름답게 사는 것이다. 아름다움은
내면과 외면의 조화로움이다. 질 좋은 음식을 가볍게 먹고,
적당히 운동하며, 충분한 수면을 취하는 것이다. 자신의 내
면을 꾸준히 성찰하는 것이다.

Simple

Granny

'어번 그래니Urban Granny'는 가정과 자녀의 족쇄에
서 벗어나 인생의 새로운 전성기를 개척하는 60대 이상의
도시 여성을 지칭한다. 액티브 시니어 중에서도 문화생활
에 아낌없이 투자하는 도회적이고 세련된 할머니들이다.
지인들과 모여 브런치를 즐긴 후 영화나 공연을 함께 보며
하루를 멋지게 보낸다고 한다. 자식에게서 독립적이며 경
제력을 갖춘 실버 세대, 더 이상 그들에게 인생의 뒤안길을
뜻하는 '황혼'이라는 단어는 없을 듯하다.

나는 '심플 그래니'가 되고 싶다. 그 꿈을 이루기 위해 현재

에도 행복할 것이다. 지금 행복해야 나중에도 행복할 테니까… 한 번 잃어버린 건강은 회복하는 데 많은 시간과 돈이 드니 건강을 잃지 않으려 노력할 것이다.

나름의 경제적 여유를 갖도록 노력할 것이다. 다만 과도한 미래 준비 때문에 현재를 저당 잡히는 짓은 하지 않을 것이다. 돈을 벌기 위해 나를 희생하지 않고, 내 멋진 삶을 위해 돈을 벌 것이다. 심플하게 살면 쥐어짜지 않고도 적당한 돈을 모으게 된다. 고정비용이 줄고, 삶의 스케일이 가벼워지기 때문이다.

심플하게 살면서 매일 즐겁게 생활하고 끊임없이 앞을 향해 나아가다 보면 심플 그래니가 되어 있을 것 같다. 내가 생각하는 심플 그래니는 인생의 후반기를 더욱 나답게 살아가는 심플한 할머니이다. 스스로 자신의 삶을 이끌어 가는 할머니이다. 그러기 위해 몸과 마음이 가벼운 삶의 방식을 택해야 한다.

자연스러운 삶을 추구하며 인생을 즐길 수 있는 재미와 유머가 있어야 한다. 더 이상 쌓아 두지 않는 가뿐한 삶이어야 한다. 단순하고, 경쾌하며, 간소한 삶이어야 한다. 책을 읽고, 음악을 들으며, 좋은 그림을 감상하고, 때로는 좋은 카페를 찾아 낭만을 즐기고, 여행하며 혼자만의 행복을 맛볼 수 있어야 한다. 나이에 구애받지 않고 좋아하는 일을 꾸준히 할 수 있다면 더 이상 바랄 것이 없겠다.

모아나

　　세상은 두 부류의 사람으로 나뉜다.
삶의 주인 VS 삶의 노예.

삶의 노예로 사는 사람은 정해진 틀 안에서 하루하루 닥친
일을 처리하느라 허덕이는 하루살이와 같다. 그날그날 주
어진 삶의 무게를 버텨 내는 것도 버거워 서서히 꿈을 잃어
간다. 애초에 꿈이 있기나 했을까 아득해진다.
그 와중에 한눈도 팔아 가며 타인의 삶을 흉내 내고, 과시
욕에 휘둘리기도 한다. '내가 나를 모르는데 넌들 나를 알
겠느냐~'라는 유행가 가사처럼 평생 나 자신을 모르고 살

다가 죽을 수도 있다. 시간이 지날수록 삶의 쳇바퀴 무게는
감당할 수 없을 정도로 무거워진다.

반면, 자기 삶의 주인으로 살아가는 사람은 자기 인생을
스스로 설계한다. 자신의 본모습을 잘 알기에, 타인의 삶
을 곁눈질하지 않으며 남이 아닌 자신의 삶을 살아간다. 스
스로 신념을 갖고 목표를 세우며 자신의 꿈을 발견하고 실
현해 나간다.

단순하게 산다는 것은 바로 이런 것이다. 끊임없는 성찰을
통해 내 삶의 주인이 되어 가는 것이다. 내 자리를 찾는 것
이다. 내 인생은 오직 '나'밖에 그릴 수 없다. 못 그려도 괜
찮다. 내가 그리면 그것으로 그만이다.

영화 「모아나」가 떠오른다. 운명적 모험을 떠나기 전에 모
아나는 끊임없이 반복해서 말한다.
"나는 누구인가? 나는 모투누이의 모아나다."
모아나는 이 말을 반복하며 자신의 정체성을 찾고, 오직 신
이 선택한 전설의 영웅 모아이를 설득해 자신의 길을 갈 수
있도록 도와주며 함께 운명적 모험을 한다.
"나는 모투누이의 모아나다. 내가 이 배를 이끌고 바다를 건
너 테피티에게 심장을 돌려주겠다."

우리 인생도 자신에 대한 정의가 이토록 심플하면 얼마나 좋을까? 영화를 보는 내내 '나는 누구인가?'를 되물었다.

우리는 종종 복잡한 관계의 틀 속에 갇혀 살다가, 돈을 벌기 위해 정신없이 살다가, 타인의 삶을 엿보다가 내가 누구인지를 까먹곤 한다. 나의 꿈을 잊어버리곤 한나. 그러다가 우울해지고, 몸의 병이 생기기도 한다.

나를 되찾기 위해, 내 삶의 주인이 되기 위해 일상을 단순하게 유지할 필요가 있다. 혼란스러운 일상은 나를 상실하게 만들기 때문이다. 내가 누구인지를 생각하고 나의 소명이 무엇인지 깨달아야 한다.

단순하게 살다 보면 누구나 '모아나'가 될 수 있다. 더 이상 타인의 평가에 신경 쓰지 않고 나답게 살게 된다. '나는 누구인가?'라는 질문 앞에 더 이상 남과의 비교가 자리 잡을 수 없고, 남의 눈치를 보지 않기 때문이다. 단순하게 산다는 것, 이것은 곧 나의 꿈을 향하여 방향을 돌리는 것이다. 비로소 나의 꿈을 이루어 간다.

충분함

심플하게 살다 보면 '자존'의 의미를 알아 가게 된 다. 진정한 자아를 찾아가며 스스로 존엄성을 높이기 때문 이다. 스스로 품위를 지키는 사람은 혼자만의 시간을 즐기 는 삶을 추구한다. 이것이 바로 '충분함'이다.

충분함은 만족감을 통해 사람을 행복하게 해 준다. 나도 언젠가 죽을 존재라는 사실을 마음에 새기면memento mori, 지금의 경험, 지금의 소유만으로도 충분하다는 생각을 하 게 된다.

기본적인 물건만으로 참된 만족을 누릴 수 있게 된다. 맑게, 우아하게 절약할 수 있다. 나의 욕구가 무엇인지도 모른 채 타인을 모방하지 않는다. 주변의 시선으로부터 벗어날 수 있다. 좋은 책 한 권을 읽는다. 충동구매에서 벗어난다. 품위를 지키며 검소하게 산다.

오늘날과 같은 복잡한 세상에서 조용히 물러나 고독을 즐길 수 있어야 한다. 자신의 생활 태도와 습관, 일을 스스로 피드백할 수 있어야 한다. 이처럼 충분한 삶을 누리고자 하는 사람은 나만의 법칙이, 나만의 취향이 있어야 한다.

충분함은 무작정 주변에 휘둘리는 것이 아니라 나를 위해 스스로 결정하는 결단력이다. 내려놓으면서 만족감을 느끼는 것이다. 이는 안정에 이르는 지름길이다.

비로소 내 인생의

주인이 되어 간다

삶은 예술이다. 고대 그리스인들은 자신의 삶을 예술 작품으로 만드는 것을 인생의 과제로 삼았다고 한다. 나는 아름답고 선하며kalos agathos, 건강하게 늙어 가는 것을 내 인생의 과제로 삼았다.

이를 위해 나를 성찰할 시간이 필요하다. 명상의 시간이 필요하다. 이 시간에 더 좋은 삶을 꿈꿀 수 있기 때문이다. 이 시간에 큰 그림을 그릴 수 있기 때문이다. 이에 심플 라이프는 좋은 도구가 되어 준다. 일하는 시간을 최소화하여 시간을 벌어 주기 때문이다.

이 시간은 삶을 예술로 승화시켜 주어 선순환을 가져다준다. 나는 이처럼 삶이라는 여행을 편안하게 즐기고 싶다. 짐이 가벼울수록 여행이 즐거운 법이다. 배낭의 부피는 욕망과 두려움의 부피이다. 그래서 심플 라이프를 선택했다. 삶의 노예가 아닌, 삶의 주인이 되기 위하여!

타인의 시선으로부터 벗어나, 나 자신이 내 삶의 중심이라는 사실을 깨닫게 되었다. 비로소 그 무엇과도 바꿀 수 없는 나만의 신념과 목표를 추구하면서, 내 인생의 주인이 되어 간다.

한 번에

하나씩만

한 살 한 살 나이가 들수록, 역할도 하나씩 하나씩 더 늘어만 간다. 사회적 책임감도 무거워진다. 역할이 많아지다 보니 여러 가지 일이 겹치기도 하고, 일정이 꼬이기도 한다. 특히나 안 좋은 일은 한꺼번에 겹치기 마련이다. 이럴 때 우리는 멘붕을 경험한다. 즉 정신 줄을 놓게 된다.

이런 때일수록 부드러운 쿠션에 등을 대고 앉아서, 일단 쉬자. 그리고 뿔뿔이 흩어져 있는 나를 인식하자. 난장판인 상황을 인식하자. 그러고 나서 집중하자. 미로에서 빠져나가는 것을 실행하자.

단, 한 번에 하나씩만 한다. 우리는 멀티태스킹에 길들여져 있어서, 이런 멘붕의 상황이 닥치면 여러 가지 일을 한 번에 해결하려 든다. 그러나 이런 태도는 상황을 더욱 꼬이게 하기 마련이다.

일단, 책상을 정리하자. 산더미처럼 쌓여 있는 그릇들을 설거지하자. 한 번에 하나씩 치우다 보면, 어느덧 모든 일이 제자리를 찾아간다. 상황은 그대로이지만 내가 변했기 때문이다. 비로소 홀가분해진다. 비로소 미로를 빠져나오게 된다.

LP를

듣는 것처럼

어릴 적 이모의 방에 가면, 거실 한 면이 LP로 가득 차 있었다. 이모가 바늘을 들어 LP를 올려놓는 모습이 참 우아했다. 이모 몰래 나도 따라해 보다가 지지직 하는 잡음에 놀랐던 기억이 새롭다.

우리 세대는 음악을 카세트테이프로 들었다. 워크맨을 들고 다니며 듣다가 이후엔 CD플레이어로, MP3로….

LP는 그렇게 서서히 잊혀 갔는데, '음악 감상' 하면 어릴 적에 들었던 LP가 생각나곤 한다.

LP는 왠지 연주자의 호흡이 녹아 있는 듯하다. 파블로 카잘

스의 첼로 연주에선 연주자의 숨소리도 들렸던 기억이 난다. 왜 LP가 더 기억에 남는 것일까? 행위에 대한 리추얼이 있기 때문이다. 흠집이 생길까 조심조심 음반을 꺼내 플레이어에 올리고, 톤암을 옮겨 바늘을 올리고, 또 연주자와 연주곡에 대한 설명서도 읽고…. 이런 소소한 행위를 통해 음악에만 집중했던 것이다.

워크맨, CD, MP3로 음악을 들을 땐 음악 그 자체에 집중하진 않는다. 편하긴 하지만 그냥 배경음악 정도일 뿐이다. 심지어는 음악을 듣다가 나도 모르게 핸드폰을 보고 있다.

우리는 어수선한 세상을, 복잡하게 살아간다. 그럴 필요 없다. LP를 듣는 것처럼 단순하게 집중하면 된다. 마음을 담아 행복하게 몰입하면 된다. 그러면 예전의 관성에서 벗어나, 나답게 살아가는 모습을 보고, 언제나 가슴이 설렌다. 집안일을 하든, 직장 일을 하든, 공부를 하든, 내가 무엇을 하든, 기분이 좋아진다.

모든 일을 LP를 듣는 것처럼 하면 좋겠다. 마음을 담아, 현재에 집중해서.

꾸준히

완성해 간다

산다는 것은 주어진 운명에 그대로 따른다는 의미가 아니다. 근육을 단련시키듯이 조금씩 발전하고 혁신하는 것이다. 단순하게 사는 것도 마찬가지다. 자신이 원하는 방향을 설정하여 조금씩 완성해 가는 것이다.

요즘 PT 수업을 받는다. 트레이너가 늘 하는 말이 있다. 덤벨 무게를 조금씩 올리며 꾸준히 훈련하라는 것이다. 지속적인 훈련 없이는 멋진 몸, 탄력을 만들 수 없다는 것이다. 자신의 한계를 조금씩 깨라고 말한다.

단순한 생활도 마찬가지다. 심플 라이프로 방향을 설정했

다면 이 또한 지속적인 훈련이 필요하다. 끊임없이 자신을
돌아보며 수정하고 꾸준히 나아가야 한다. 연습해야 한다.
다만 집착할 필요는 없다.

단순한 생활이 정착되기 시작하면 삶의 충만함과 기쁨을
알게 된다. 끊임없이 매너리즘의 틀을 깨고 나아가기 때문
이다. 그러면 사소한 일에 감사하게 된다. 가벼운 몸과 마

음을 갖게 된다. 경쾌한 삶의 리듬으로 의욕이 넘치게 된다.
뇌도 이 기쁨을 알게 되어, 자신의 삶을 즐기게 된다. 절제
의 품위를 알게 된다. 천천히 그리고 재미있는 삶을 누리게
된다. 이를 위해 지속적인 훈련이 필요하다. 단순한 생활은
무 자르듯이 한 번에 완성되는 것이 아니다. 지속적으로 꾸
준히 완성해 가는 것이다.

집착에서
초연으로
~~~~~~~

마음 청소를

한다

단순한 삶을 위해 청소를 한다. 청소는 보통 수납, 버리기, 정리의 순서로 하게 된다. 어느 날 청소를 하다 말고, 깨달은 것이 있다. '마음 청소도 이렇게 하면 되겠구나.' 이다. 마음속 쓰레기를 버리면 마음이 홀가분해진다. 가슴에 응어리진 분노, 불안, 갈등과 공허함이 사라지고, 감사하는 마음을 갖게 된다.

마음이 심란할 때, 일이 꼬일 대로 꼬여 버렸을 때, 마음 청소를 한다. 방 청소처럼 내려놓고, 비우고, 정리하면 된다. 마음 청소, 어려운 게 아니었다. 그렇다. 인간은 추상적인

생각을 하기 이전에 구체적인 행동이 있어야 깨닫게 된다. 피아제의 이론이다.

인간의 발달은 구체적 조작기를 거쳐 형식적 조작기에 이른다. 우리네 습관도 그런 것 같다. 오늘처럼 집을 청소하다가 마음 청소를 하게 된다.

마음이야말로 쉽게 상처받고, 쉽게 더러워지는 공간이다. 어쩌면 우리 집 어수선한 거실보다 내 마음이 더욱 어수선한지도 모르겠다. 마음…. 마음 하나 내 뜻대로 안 되는 것이 인생이다. 마음 청소를 자주 하고 볼 일이다.

마음 청소, 내 인생을 혼란스럽게 만드는 그 무언가를 내려놓고, 마음의 쓰레기를 비우고, 깨끗하게 정리하면 된다. 두려움과 불안을 버리자. 마음에도 여백의 공간을 만들자. 마음을 청소하고, 자신을 돌보자. 비로소 나에게 일어나는 모든 일에 행복으로 반응하게 된다.

여행,

비우는 훈련

　　여행을 하면 할수록 가방이 가벼워진다. 처음 여
행할 땐 가방의 부피가 몹시 크다. 닥치지도 않을 미래에 대
한 불안으로 비상약품도, 옷도 많이 싸게 된다.

그러나 여행의 횟수가 늘어날수록, 백팩 하나만으로도 가
능함을 알게 된다. 더구나 저가 비행기를 타다 보면 기내에
만 짐을 실을 수 있기에…. 수하물 칸에 짐을 실으려면 따
로 요금을 더 내야 한다.

가끔은 커다란 백팩 하나만 메고 훌쩍 여행을 떠난다. 자유

여행을 하지만 두꺼운 여행 책도 없다. 내가 가고 싶고, 보고 싶은 핵심 정보만 스마트폰으로 사진 찍어 저장한다. 때로는 지역만 정하고, 그곳에서 발길 닿는 대로 여행하기도 한다. 전자책은 여행에서 필수품이다. 비행기를 기다릴 때, 시간이 남을 때 전자책을 꺼내 읽는다. 여행 책이 필요하면, 전자책을 다운로드한다. 옷도 두 벌 정도만 준비한다. 여행을 하다 보면 우리네 삶에 그다지 많은 물건이 필요하지 않다는 것을 체감하게 된다.

여행은 비우는 훈련이다. 준비부터 비우는 훈련이다. 여행지에서도 비우는 훈련이다. 도착해서도 비우는 훈련이다. 마음을 비워야 더 깊은 경험을 담을 수 있고, 시선을 비워야 더 많은 것을 볼 수 있다. 내 목소리를 비워야 외지에서 더 새로운 것을 들을 수 있다. 두려움을 버리고 'No Problem!'의 자세여야 한다. 모든 것을 비워야 한다. 비로소 조급하지 않게 된다. 낯선 곳에서 여유롭게 이국적인 풍경을 음미하며, 천천히 걸으면 그만이다. 느리게, 더 느리게.

"No, thanks."

단순하게 산다는 것은
"No, thanks."라고 말하는 것이다.

인터넷 쇼핑몰의 광고 알림이 온다. "No, thanks."
이런저런 모임 날짜가 수도 없이 잡힌다. "No, thanks."
친구가 비싼 소파를 처분한다고 가져가란다. "No, thanks."
나는 배부른 상태인데 동료가 간식을 권한다. "No, thanks."

나의 정체성을 찾고, 온전히 나에게 집중하려면 거추장스
러운 행위와 해묵은 습관을 거절해야 한다. 심플 라이프가

필요한 이유이다. 심플 라이프는 목표라기보다 방법이다. 나를 잘 알기 위해 주변을 가지치기하는 것이다.

일단 불필요한 물건을 버리는 구체적인 행위를 한다. 그러다 보면 불필요한 습관도 버리게 된다. 예를 들면, 시도 때도 없이 하는 인터넷 서핑과 같은 불필요한 습관 말이다. 스마트폰 사용을 줄이게 된다. 유행도 거절한다. 모든 걸 비워 둔다. "No, thanks." 심지어 상징적으로 옷장이나 서랍장, 싱크대도 한 칸씩 비워 둔다.

먼 곳에서 행복을 찾다가 덫에 걸리기보다, 일상에서 행복을 찾으려면 "No, thanks."의 자세가 필요하다. 앞의 차를 아무 생각 없이 따라가다가 사거리 한복판에서 신호에 걸려 당황했던 경험이 있다. 다른 사람을 의미 없이 따라 가다 보면, 인생의 한복판에서 빨간 신호에 걸릴 수 있다. 우리

는 나만의 정체성으로 각자의 내면에 있는 행복을 찾을 수 있어야 한다. 내 인생의 신호를 분별할 수 있어야 한다. 나의 욕구와 필요를 구별할 줄 알아야 한다.

"No, thanks." 이 과정을 거치다 보면 자연스럽게 분별의 힘이 생긴다. 매사에 분별할 수 있는 능력이 생기면 최선의 결단을 내릴 수 있다. 자연스럽게 행복을 누릴 수 있게 된다. 스스로 행복한 사람만이 남을 사랑할 수 있다. 이런 삶을 위해 본인이 원치 않는 일에 진정 "No, thanks."라고 말할 수 있어야 한다.

자족

단벌 숙녀 마틸다 칼에 대한 기사를 본 적이 있다. 그녀는 출근 준비를 할 때, 옷 고르는 시간을 빼면 많은 시간과 에너지를 절약할 수 있다고 말한다. 일에 더 집중하게 되며, 스스로를 의식할 필요도 없어진다고 한다.

단벌 숙녀 마틸다가 옷 선택으로 고민하지 않는 것처럼…(실제로 그녀가 옷을 고르고 입는 시간은 45초라고 한다.) 소유가 적을수록 불만이 줄어든다. 반대로 소유하면 할수록 욕망이 커진다. 심지어는 사방이 물건으로 둘러싸여 숨이 턱턱 막히면서도 더 소유하길 원한다. 때로는 입고 싶은 옷을 입는 것

이 아니라, 비싼 옷이 옷장에 걸려 있기에 입어 줘야 하는 일이 누구에게나 한 번쯤 있을 것이다. 이쯤 되면 사도 바울의 가르침, 자족을 생각해 볼 일이다.

자족은 가진 것이 별로 없을지라도, 넉넉히 가진 사람처럼 만족할 수 있는 상태이다. 다 가졌으면서도 만족할 줄 모르는 현대인의 모습이 오버랩된다. 아무것도 없는 방까지는 아니어도, 무소유까지는 아니어도, '어설픈' 미니멀리스트 정도는 되고 볼 일이다. 자신의 삶을 돌아보고, 스스로 아름다운 절약을 선택해 만족하며 사는 것이다.

자족하며 사는 것은 소소한 기쁨을 위해 잠시 일을 내려놓는 것이다. 숲을 산책하며 명상하는 것이다. 해 질 녘 석양을 보며 감사하는 것이다. 가족들과 함께 즐거움을 나누는 것이다. 우리가 처한 모든 상황 속에서 순간순간 만족하는 것이다.

소박한

풍요

      단순한 생활이 정착되어 가면, 합리적인 소비에 집중하게 된다. 쇼핑을 할 때 의식주에 꼭 필요한가를 생각하고, 가치를 고려한다. 심플 라이프는 무조건 절약하는 것이 아니다. 소박한 풍요를 느끼는 것이다. 그 쇼핑으로 인해 일상의 가치를 느낄 수 있으면 더욱 좋다.

저녁 시간에 어두움을 밝히는 소박한 전등을 갖고 싶었다. 해외에서 살다 보면 우리나라 형광등의 쨍쨍 빛나는 저녁 풍경이 아닌 백열등의 아늑한 저녁 풍경이 익숙해진다. 저녁 시간의 고즈넉한 빛을 느끼고 싶어서 램프를 구입했다.

이런 불빛 아래에서라면 나 자신을 사랑스럽게 들여다볼 수 있을 것 같았다. 가족들을 포근하게 해 줄 수 있을 것 같았다. 이는 내게 소박한 풍요이다. 평온해지며 순간순간 풍요로움을 느끼며 가슴 따뜻해진다. 때로는 하루를 반성하는 성찰의 시간을 갖기도 한다. 이 램프 아래서, 와인을 마시며 오늘 하루를 아름다움으로 승화시킨다.

매슬로는 인간이 자아를 실현할 때 진정한 행복을 느낀다고 말했다. 그러나 자본주의 사회는 자아를 성찰할 틈조차 주지 않는다. 개미처럼 열심히 일만 하도록 강요한다. 그러다 보니 우리는 음미하는 능력을 잃어 간다. 아무 생각 없이 매스컴에서 광고하는 대로 소비의 덫에 걸려 간다. 평생 돈 버는 기계가 되어 간다. 젊었을 때는 그토록 일을 그만두고 싶어 했으면서도, 은퇴할 시점이 되면 그토록 일을 갖고 싶어 한다. 젊은 시절에 쓰던 습관을 못 버리기 때문이다.

소박한 풍요란 주변에 휘둘리지 않고, 내가 소비의 주체가 되는 것이다. 그로 인하여 자아실현에 한 걸음 더 다가가고, 일상 너머의 설렘을 느끼게 된다. 남이 가진 것만 보였는데, 이제는 내가 가진 것을 보게 된다. 나답게 살기로 결정하고, 인생의 무게가 한결 줄어드는 것이다. 사는 게 경쾌하게 느껴진다. 비로소 혼자서도 기분 좋게 있는 법을 알게 된다.

고독의 즐거움이

찾아온다

단순하게 살다 보면, 고독의 즐거움이 찾아온다. 단순한 생활이 주는 즐거움이다. 고요한 시간에 깊은 들숨과 날숨을 느끼며 세상에 휘둘리지 않는 자유인이 된다. '나는 누구인가?'라는 근본적인 물음과 마주하게 된다. 그저 나 자신에게 한없는 믿음을 보낸다.

누구 엄마, 누구 아내, 누구 부하, 누구 상사, 누구 며느리로만 살기엔 100세 인생이 너무 길다. 혼자만의 시간에 글을 쓰고, 책을 읽고, 산책을 하기도 한다.

침묵의 공간에서 나를 중심에 놓고, 자유롭게 자신을 풀어 놓으며 내 인생의 질서를 다시 세운다. 내 능력을 키우는 시간을 충분히 확보한다. 내게 주어진 운명을 받아들이고, 최선을 다하여 사랑한다.

나의 에너지가 번 아웃될 때까지 내버려두지 않는다. 내면의 목소리에 귀 기울이게 된다. 비교를 통한 피로감을 버리며 나답게 살아가게 된다.

자신과 만나는 시간이 많을수록 자존감이 높아지며 성숙해진다. 이 시간에는 모든 것이 나에게 초점을 맞추고 응원해 주기 때문이다. 개인의 취향을 알게 되고, 이를 통해 즐거움과 아름다움을 찾아가기 때문이다. 끝까지 나를 신뢰해 줄 사람은 나뿐이라는 사실을 알게 된다.

솔리튜드,

균형의 시작

솔리튜드.
고독을 즐기며
갈증을 풀어 준다.
내 안의 소리를 듣는다.
자기 자신이 되어 간다.
스스로 나 자신을 보살피는 방법을 알아 간다.
껍데기가 아닌 알맹이의 삶에 대해 성찰한다.

영어에는 '(특히 즐거운) 고독'이란 단어가 있다. 바로 '솔리튜드solitude'이다. 고독이란 단어가 이처럼 멋있다니…. 더군다나 즐거운 고독이라니…. 단순하게 살다 보면, 이 솔리튜드의 매력에 빠지게 된다.

일상을 심플하게 유지하면 여유가 생긴다. 이 여유로운 시간에 붉게 타오르는 단풍을 즐길 수 있다. 작은 숲을 걸으며 새들의 노래를 들을 수 있다. 좋아하는 음악을 들으며 낭만을 느낄 수 있다. (특히 즐거운) 고독의 시간을 많이 가지면 가질수록 마음은 더욱 부자가 된다. 이를 위해 어지러움, 어수선함, 쓰레기로 가득한 나의 마음을, 나의 일상을 비우고 볼 일이다. 하지만 세상은 더 많이 채우라고 유혹한다. 비움의 관성이 필요한 이유이다.

비움의 가치를 깨달으면 솔리튜드의 매력을 좀 더 느낄 수 있다. 비로소 모든 객체로부터 벗어나 주체가 되어 스스로의 가치를 알게 된다.

새벽 고요한 시간에 혼자서 요가 수련을 하다 보면 솔리튜드의 매력이 잘 느껴진다. 쟁기 자세, 고양이 자세 등 몇 초간 그 상태로 멈추고 내 몸의 솔리튜드를 즐긴다. 처음엔 균형이 잡히지 않아 온몸이 부들부들 떨린다. 서서히 균형을 잡아 가며 솔리튜드에 빠진다.

이처럼 솔리튜드는 균형 잡힌 몸과 마음을 통해 가능하다.

균형이 깨지는 순간 모든 것이 흔들려 마음의 병, 몸의 병, 심지어는 번 아웃 증후군까지 생기게 된다. 집착하지 않으며 모든 일에 균형을 맞추고 볼 일이다. 이 모든 인간의 행위 앞에 솔리튜드를 갖고 볼 일이다.

단순하게 살다 보면, 진정한 '나'를 찾아 솔리튜드의 여행을 떠나게 된다. 나를 보살피고 싶어진다. 자기만의 시간과 자기만의 방으로 들어가고 싶어진다. 그래서 새벽에 일어난다. 사람들은 이를 '미라클 모닝'이라 한다. 이 고요한 시간에 오롯이 나를 대면하고, 스스로 나 자신을 보살핀다.

어쩌면 나는 주어진 역할의 무게를 감당하기 위해 '나'를 내팽개치고 살았는지도 모른다. '나'라는 알맹이는 빼고, '나의 역할'이라는 껍데기만 감당한 것이다.

심플 라이프는 삶의 잉여를 하나씩 버리면서 내 삶의 코어 힘을 길러 준다. 솔리튜드의 시간을 통해 나 자신의 균형점을 서서히 알아 간다. 균형이 맞을 때, 몸과 마음이 건강하고, 일과 휴식이 조화로워진다. 나아가 모든 삶에 여유가 생기게 된다. 비로소 인생의 파도를 타며 즐기는 서핑을 하게 된다.

마음챙김

단순하게 산다는 것은 삶의 모든 순간을 충실하게 사는 것이다. '마음챙김mindfulness, 有心'은 지금, 여기에 적극적으로 주목하고, 그 맥락을 이해하려는 과정이다. '마음놓침 mindlessness, 無心'과 반대되는 개념이다. 순간순간을 집중하여 살자는 생각을 담고 있다. 하버드대학교 심리학과 교수 엘런 랭어의 말이다. 그녀는 마음을 바꾸는 것이 몸에 미치는 영향을 분석함으로써 마음과 몸이 통합되어 있다고 말했다.

한 끼 끼니를 때우는 것이 아니라, 간소한 식사를 하면서도 맛을 음미하고, 추억을 회상하며 우아하게 먹는 것이다. 쌀

여 있는 그릇을 보며 한숨을 쉬며 설거지를 하는 것이 아니라, 더러움이 물에 씻겨 내려가는 소리에 마음이 깨끗해지는 것이다. 집을 어지럽히는 가족들을 원망하며 청소하는 것이 아니라, 좋은 마음으로 청소하는 것이다. 에코 백을 매도 의미를 담아 명품 백 못지않게 자신감으로 가득 찬 것이다. 이처럼 기존의 틀에 사로잡혀 관성적으로 하는 행위를 벗어나는 것이다. 자신의 일을 사랑하는 것이다.

마음챙김은 나의 변화에 필요한 도구이다. 낡은 관성적인 시선을 벗어나 참다운 자기 자신을 바라보는 것이다. 언제나 가슴 설렘을 느끼는 것이다. 몸과 마음을 기분 좋게 하는 것이다.

그렇게 살려면 모든 것이 가볍고 홀가분해야 한다. 몸, 마음, 집, 인간관계, 소유, 생각 등 모든 것이 심플해야 할 터이다.

관계,

심플하게

단순하게 살다 보면 관계로부터 자유로워진다. 타인에게 나를 끼워 맞추지 않고, 오로지 나 자신을 마주하기 때문이다. 관계도 단순하게 비울 필요가 있다. 관계를 단순하게 하기 위해서 때로는 거절의 기술도 익혀야 한다. 어느 집단이든 나를 미워하고 싫어하는 사람이 반드시 있다는 사실을 인식해야 한다. 아들러의 말이다.

나는 한때 다른 사람으로부터 싫은 소리, 거절당하는 것에 대해 큰 상실감을 느끼곤 했다. 그러나 이것은 나의 과제와 타인의 과제를 구분하지 못해서 오는 것이었다. 내가 그 사

람의 싫어할 권리, 거절할 권리까지 관여할 수는 없다. 거절하는 것은 그 사람의 몫일 뿐이다.

마찬가지로 나 또한 상황에 따라 거절할 수 있어야 한다. 나의 일에 집중하며, 나와 상대방 사이에 적절한 선을 그을 필요가 있다. 다만 상대방에게 친절한 태도는 간직하면서⋯. 나는 잃어버린 채 타인에게 휘둘리면, 결국 나를 잃어버리게 된다. 나를 잃어버리면 인생이 무의미해진다. 남이 나를 어떻게 평가하든 신경 쓰지 않고, 나 또한 남의 일에 쓸데없이 개입하지 않고 자신의 뜻대로 살고자 하는 것, 이것이야말로 단순한 관계이다.

아들러에 의하면, 과제를 분리하고 나면 관계는 단순한 상태로 흘러간다. 다만 예의 없는 행동과는 구분되어야 할 것이다. 공감 능력을 가져야 한다.

어느 누구에게나 거절은 어렵다. 거절하는 것도, 거절당하는 것도⋯. 그래서 연습이 필요하다. 마음의 근육을 키워야 한다. 사랑은 솔직하고 정직한 사람들 사이에서만 성립한다. 소로의 말이다. 거절의 기술을 익히며 솔직해질 필요가 있다. 정직해질 필요가 있다. 단순한 관계로 나아가는 길이다.

자아를 찾는

공간 갖기

겉보기에는 풍요로운데, 내면으로는 빈곤한 삶을 살아 본 적이 있다. 마치 옷장에 옷이 가득한데 입을 옷이 없는 것처럼…. 단순하다는 것은 단순한 행위를 통해 단순한 인격에 도달하는 과정이다. 단순하고 간소하게 살다 보면, 여백이 선물로 주어진다. 그 여백에서 자주 나를 들여다보게 된다.

작은 집으로 이사 온 후 달라진 점이 있다면, 집이 작다 보니 살림에 할애하는 시간이 줄어들어, 시간이 생길 때마다 도서관이나 작은 숲으로 달려간다는 것이다. 도서관과 작

은 숲으로 더불어 여유로움을 만끽할 수 있다. 도서관 소파에 앉아 작은 숲을 내려다보며, 또는 책을 읽으며 한껏 여유를 만끽한다. 작은 숲이 보이는 창가에 앉아 명상을 한다. 가끔은 작은 숲을 바라보며 멍 때리기도 한다. 졸기도 한다. 마음이 우아해진다. 지금, 여기를 소중히 여기게 된다.

이 포근한 의자에 앉아 지금도 행복해하고, 내일의 행복도 예약한다. 하고 싶은 일도 많아지고, 이루고 싶은 꿈도 생긴다. 이 의자에 앉으면 꿈꾸게 된다. 좋은 책과 함께…. 가슴 설레는 순간이다.

어설픈

미니멀리스트

나는 '어설픈' 미니멀리스트이다. 나이 마흔이 되면서 '완벽한'보다 '어설픈'이라는 단어가 더 좋아졌다.

'어설픈'이라는 단어는 내가 실천하는 중용의 또 다른 표현이기도 하다. 완벽한 미니멀리스트는 왠지 사는 게 너무 빡빡할 것 같다. 강박적인 행동은 쉽게 지치게 하고, 목표에서 쉽게 이탈하게 한다. 어떤 미니멀리스트는 냉장고도 없이, 세탁기도 없이, 청소기도 없이 산다고 한다. 나는 그렇게까지 하고 싶진 않다. 이런 편리한 가전들로 시간을 벌 수 있기 때문이다. 이런 가전들에 감사할 뿐이다.

그러고 보면 심플 라이프는 개인의 취향이다. 심플 라이프
의 방법을 적용하는 강도 또한 개인의 취향이다. 극단적일
수도, 절충적일 수도, 무늬만 있을 수도 있는….

개인의 취향, 기질, 성향에 맞게 조절해 나가면 된다. 각자
자연스럽게 균형 잡힌 몸과 마음을 가지면 된다. 각자 상황
에 맞는 상식적인 삶을 추구해 나가면 된다. 다만 이런 삶
을 통해 건강하고 행복하면 그만이다.

실천의

미학

심플 라이프는 '실천'이다. 관념에 머물지 않고 실행하는 것이다. 우리가 알아야 할 모든 것은 유치원에서 배웠다고 한다. 진리라는 것이 모두가 아는 이야기라는 것이다. 말로만 외치는 것이 아니라 실제 생활에서 그렇게 실행하는 것이다.

어지럽혀진 방을 정리하는 행동이다. 불필요한 물건을 사지 않는 행동이다. 무작정 옷을 쌓아 두지 않고 정리하는 행동이다. 가벼운 식사를 통해 몸을 가볍게 하는 행위이다. 건강을 위해 운동하는 것이다. 쓸데없는 일을 하지 않고, 해

야 하는 일을 하는 것이다. 고민만 하는 것이 아니라 실행하는 것이다. 자신이 좋아하는 일에 몰입하는 것이다. 드러내기 위한 쇼핑을 하지 않는 행동이다. 스마트폰 사용 시간을 줄이는 행동이다. 텔레비전을 없애는 행동이다. 자신을 소중하게 해 주는, 행복한 일을 실행하는 것이다. 몸의 긴장을 푸는 것이다. 아늑한 조명 아래서 음악을 듣는 행위이다. 편안한 소파에 푹 파묻혀서 책을 읽는 행위이다. 쓸데없는 비용을 줄이는 행위이다.

이러한 실천을 통해 편안해지고 즐거워지며 치유되는 것이다. 일상을 황홀하게 사.는.것.이다.

자유

심플 라이프는 가벼운, 자연스러운, 간소한, 단순한 생활이라고 말할 수도 있고, 자유로운, 사치스러운 생활이라고 말할 수도 있다.

주변을 정리하고 습관을 정돈하다 보면, 진정한 의미의 사치와 자유로움을 감으로 알게 된다. 내 삶에 무엇이 중요한지 알게 된다. 우선순위를 정하는 방법을 알게 된다. 삶의 질을 높이게 된다. 비교하는 사람일수록 자유롭지 않다. 그들은 항상 불만이 많다. 자유롭게 살려면 이와 같은 것들, 그 무언가를 내려놓아야 한다. 가진 게 별로 없는 사람은

잃을 것이 없어서 자유롭다. 자연스럽게 자신과 마주하는 사람은 가진 게 없어도 자유로울 수 있다.

자유로운 생활의 패턴으로 나의 시간이 순환된다. 시간에 쫓기지 않아도 된다. 해묵은 습관으로부터 벗어나게 된다. 이제 조금 휴식과 일 사이의 조율을 할 수 있게 되었고, 어느 정도 자유로워질 수 있다. 자전거를 타며 온몸으로 바람을 맞는다. 말로 표현할 수 없을 만큼의 자유가 느껴진다.

이젠 내가 하고 싶은 일을 하고 싶다. 나 자신을 조건 없이 사랑하고 싶다. 나답게 살고 싶다. 나이 드는 것의 아름다움을 느끼고 싶다. 이젠 삶을 어떻게 즐기느냐에 초점을 맞추고 싶다. 인생을 즐길 수 있는 발상의 전환을 가져야겠다.

불확실한 나의 미래일 수도 있겠으나, 흔들림 없이 지금의 소박한 일상을 누리고 싶다. 이제는 스스로 행복해지는 능력을 조금 알게 된 것 같다.

어울림

어울림은 과하지도 모자라지도 않은 상태이다. 조화로운 상태이다. 거장들의 명화가 지금까지 열광받는 이유는 천재성에 조화로운 색상을 쓸 줄 알았기 때문이다. 거기에 심플함까지 더해서….

음악에는 협주곡 형식이 있다. 솔로 악기가 오케스트라와 협연하는 형식이다. 솔로이스트가 오케스트라와 어울리지 못하면 음악은 아름답지 않다. 너무 튀어도 안 되고, 너무 죽어도 안 된다.

삶도 그렇다. 삶 속에서 외면과 내면의 어울림, 시간과 공간의 어울림, 개인과 사회의 어울림, 가정과 일터의 어울림 등에 따라 삶의 질이 달라진다.

어울림을 추구하는 사람들은 생활 자체에서 소박한 기쁨을 누린다. 당장 눈앞에 닥친 사소한 일이 아닌, 삶의 전체 의미를 생각한다. 친구와 따뜻하게 어울린다. 자연과 어울린다. 비교를 초월해 내가 가진 물건과 어울린다. 질 높은 생활을 안다. 관계가 풍요롭다. 나무가 아닌 숲을 보게 된다. 복잡한 세상을 단순하게 바라본다.

어울림은 자족에서 나온다. 자신의 삶에 불만족스러우면 다른 것들과 어울릴 수가 없다. 더 많은 욕심을 내게 되고, 사람들과 자연과 불협화음을 만들어 낸다. 어울림은 협주곡 형식과 같이 심플한 하모니이다.

설렘,

아이처럼

．

아이처럼 인생을 겁내지 말자.
아이처럼 순간순간 경이로움을 맛보자.
아이처럼 해맑은, 두려움 없는 웃음을 웃자.
아이처럼 설레는 마음으로 모든 것을 받아들이자.
아이처럼 단순한 방법으로 깊이 있게 인생을 즐기자.
아이처럼 늘 깨어 있는 마음으로 자신의 매순간에 집중하자.

열한 살 딸아이는 오늘밤 밤잠을 설친다. 내일 중간고사 때문에 스트레스를 받아서 그러는 줄 알았는데, 그게 아니었다. 중간고사 끝나고, 놀이터에서 반모임을 한다고 잠을

못 자는 것이었다. 설레는 마음에…. 아이들은 사소한 것
들에 설렌다.

니체는 우리의 정신은 낙타, 사자, 아이의 단계를 거치게 된
다고 말했다. 주인이 등에 짐을 올리면 무조건 실어 나르며
순종하는 낙타, 짐을 지우려 할 때 으르렁거리며 반항하는
사자, 솔직하고 당당하게 새로운 것을 창조하는 아이의 정
신을 거친다는 것이다. 낙타는 그저 주어진 먹이를 먹고 남
의 눈치와 남의 시선에 전전긍긍하면서 주어진 길을 갈 뿐
이다. 아무 생각 없이 시대의 흐름을 따라간다. 일상을 무
의식적으로 챗바퀴 돌리듯 반복하며 살아간다. 사자는 자
신의 불합리한 현실에 으르렁거릴 줄 안다. 그러나 반항으

로 끝이다. 거부할 뿐이다. 아이는 자신을 사랑하고 <u>스스로</u> 행복해지는 법을 알고 있다. 해맑게 웃는다. 그 자체로 즐겁게 논다. 매 순간 삶이 유의미하다.

어른이 된 나는 어느 때부터인가 설레는 마음을 잃어버린 듯하다. 그래서 어른들에겐 예술이, 여행이 필요한가 보다. 아이들에게 놀이가 필요하듯이…. 영화관에 가고, 미술관에 가고, 박물관에 가고, 음악회장에 가고, 책을 읽고, 여행을 간다. 아이처럼 설레는 마음을 회복하기 위해서…. 카프카의 도끼로 뒤통수를 얻어맞는 느낌을 위해서….

설렘은 풍요로운 삶을 가져다준다. 마음을 평안하게 해 준다. 사치의 진정성을 알게 된다. 더 이상 쳇바퀴 돌리듯 반복되는 일상, 밀린 숙제처럼 살아서는 안 된다. 우리는 단순한 방법으로 깊이 있게 내 인생을 즐기는 태도로, 현실을 긍정하는 태도로, 가슴을 열고 자유롭게 살아가는 아이와 같은 존재임을 잊어서는 안 된다.

내 삶의

이미지

감정을 단순화하고, 생활을 단순화하다 보면, 하루가 정돈되고, 더 나아가 내 인생이 정리가 된다. 집착이 줄어든다. 욕심이 줄어든다. 집착과 욕심이 줄어들수록 삶은 더욱 행복해진다. 인간의 감정은 쉽게 싫증을 내고, 더 큰 자극, 더 큰 무언가를 바라기 마련이다. 애초에 비우고 볼 일이다.

비우기의 일상이 습관화되면 감정의 비움도 쉽게 가능해진다. 마음은 더 큰 자극을 원하기 마련인데, 처음부터 비워져 있는 마음이라면 욕심으로부터 자유롭다. 이것이 단순한 삶의 이미지이다.

나를 지배하는 모든 감정으로부터 자유롭게 된다. 늘 제멋대로인 생각의 방해로부터 자유롭게 된다. 스스로 내 마음의 코어 힘을 기르고, 내 마음을 조절하게 된다. 결국, 단순하게 산다는 것은 쓸데없는 에너지를 쓰지 않는 것이다. 지금 이 순간, 나에게 가장 아름답고 필요한 일만 하는 것이다. 쓸데없는 생각만 안 해도 충분히 건강해질 수 있다. 충분히 행복해질 수 있다. 이런 것들이 모두 관성이 생겨 내 삶의 이미지가 된다.

우리에겐 오직 나만을 위한 삶의 이미지가 필요하다. 내 삶의 이미지를 통해, 내 삶의 주인으로 사는 것을 연습할 수 있다. 비로소 나 자신을 사랑하게 된다. 내 삶의 이미지를 만들고 볼 일이다.

비워야

완전하다

　　명품 매장의 디스플레이일수록 심플하다. 싱가
포르 오차드 로드의 유명 쇼핑몰에 가면 명품 매장이 즐
비하다. 그중 에르메스의 디스플레이가 유독 눈에 띈다. 심
플하고 위트 있기 때문이다. 다른 매장의 화려하고 번쩍번
쩍한 쇼윈도와 달리, 이곳은 조명도 아늑하며 텅 비어 있
고 심플하다.

채우기에 급급한 나머지 온갖 스트레스까지 안고 살아가는
우리에게 필요한 것은 '비움'이다. 텅 비울 때 비로소 완전
에 가까워질 수 있다. 명품 숍일수록 공간이 비어 있다. 매

대 사이의 간격도 넓다. 물건도 몇 개 없다. 사람들은 이렇게 비어 있는 쇼핑몰로 발길을 돌린다.

하물며 집이야 어떻겠는가? 마음이야 어떻겠는가? 노자는 텅 비어 있고 모자라 보이는 것이 완전하다고 했다. 사람도 약간 모자란 듯한 사람에게 매력이 느껴지는 법이다. 현대인의 생활은 매우 복잡하고 분주하다. 어수선한 하루하루가 쌓여 인생이 그야말로 아수라장이 된다. 집중력이 떨어진다. 중요한 기회를 놓치게 된다. 그러기에 20%쯤 비워 둘 필요가 있다.

비움, 그것만으로도 우리 삶은 회복될 수 있다. 시간과 공간이 비워져 있을 때 평안한 마음을 가질 수 있다. 머릿속을 정리하고, 제대로 쉴 수 있다.

비움의 철학은 실로 우리에게 많은 선물을 준다. 쓸데없이 에너지를 낭비하지 않게 해 준다. 중요한 일에 몰입하게 해 준다. 일을 제때에 끝내게 해 준다. 더불어 새로운 미래가 보이기 시작한다.

의도적인

불편함 갖기

우리는 문명이 주는 편리함, 화려함 속에서 살아간다. 하지만 문명의 이기라는 표현도 있듯이, 문명이란 것은 동전의 양면과도 같다. 예전에 비해 우리네 삶은 편해졌지만, 그다지 만족스러운 삶은 아닌 듯하다. 몸은 편해졌는데, 스트레스는 늘어만 간다. 그러고 보면 몸이 편하다고 해서 삶의 만족도가 높아졌다거나, 더욱 건강해지는 것은 아닌 듯하다. 이럴 때 한 번쯤 불편함을 의도적으로 만들어 보는 것은 어떨까?

예를 들면, 자동차 없이 살아 보는 것이다. '무조건 차는 한

대 있어야 한다.'는 고정관념을 깨고 볼 일이다. 운전 습관
이 들면 몇 분 거리도 차를 가져가는 습관이 들어, 차 없이
는 도저히 살 수 없는 상태가 온다. 차를 없애고 나니 생각
보다 불편이 적었다. 고정 지출 또한 줄이게 되었다. 차 구
매비, 주유비, 보험료만 해도 엄청난 고정 지출이다.

처음부터 이런 실험을 한 것은 아니다. 싱가포르에서 2년
살았던 적이 있는데 그곳에선 자동차 등록세만 약 7,000만
원이 든다. 서울 정도의 좁은 도시국가에서 차가 많이 다니
지 않도록 하기 위한 정책이라고 한다. 그래서 2년 동안 대
중교통과 택시를 이용하게 되었다. 처음에는 자동차 없이
사는 것이 걱정되었다. 그러나 생각보다 편했다.

걸어 다니면서 친환경에 가까운 삶을 꿈꾸게 되었고, 집착
하지 않는 삶, 검소한 삶에 대하여 재발견하게 되었다. 이
처럼 나도 모르게 고착화된 삶이 또 있나 되돌아보게 되었
다. 나에게 불필요한 고정 지출에 대하여 성찰하게 되었다.
꼭 필요한 물건에 대하여 생각해 보면서 한국으로 돌아가
도 차 없이 살아 봐야지 했던 마음이 지금까지 실천으로 이
어지고 있다. 이런 습관은 고정 지출을 줄이는 데 많은 도
움이 되었다.

이제는 필요와 불필요를 구분하는 데 예전처럼 고정관념

이나 낡은 습관의 자를 들이대지 않게 되었다. 심플 라이프는 삶의 고정 지출을 줄이게 해 준다. 자동차 없이 생활하면서 조금 더 환경을 생각하게 되었고, 걸어 다니면서 시간의 흐름을 음미할 수 있게 되었다. 우리의 뇌는 걷는 속도만큼 적응한다고 하지 않는가?

단순하게 살려면 고정 지출을 줄여야 한다. 돈은 쓴 만큼 더 벌어야 하기 때문이다. 그러다 보면 돈이 내 인생의 주인이 되어 간다. 과도한 소비에서 벗어나 나 자신을 돌아보아야 한다. 소비로 '나'를 대신할 수 없다. 자유인이 되기 위해 고정 지출을 낮추고 볼 일이다.

작은 집으로 이사를 했다. 작은 집에 살다 보니 집에 대해, 살림 도구들에 대해 감사하게 된다. 그래서 더 예의를 갖추고자 청소도 열심히 하게 된다. 불편함이 주는 감사함이다. 그러고 보면 우리는 문명의 편리함을 본능적으로 누리려고 하는 것 같다. 아무 생각 없이, 공기를 들이마시듯…. 단순하게 살게 되면서 생긴 습관 중 하나가 '이것은 나도 모르게 고정관념이 된 것은 아닐까?'에 대해서 성찰한다는 것이다. 가령 그동안 본능적으로 갖고 싶었던 물건에 대해 다시 한 번 생각하고, 본능적으로 답습해 왔던 문화에 대해 다시 한 번 생각한다.

이제는 고정관념이 된 낡은 습관을 버리고, 의도적으로 불편하게, 단순하게 생활하려 한다. 늘 편하기만 하면 일상이 더욱 늘어지게 된다. 편리함이 지나치면 공기와 햇빛에 감사하지 못하듯이 감사할 대상이 줄어든다. 몸도 망가지게 된다.

약간의 부족함이 있어야 몸도 가벼워진다. 다 가진 사람은 더 이상 만족하기가 어려워진다. 의도적인 불편함 대신 감사의 습관이 생기고, 욕심을 내려놓게 된다.

어쩌면 나는 아직도 너무 편하게 살고 있는지도 모른다. 아직도 물건을 많이 갖고 있는지도 모른다. 이제는 편리함으로부터, 물건의 과잉으로부터 자유롭고 싶다. 약간의 불편함과 부족함을 통하여 만족감을 늘리고 싶다. 의미 있는 삶을 살고 싶다.

비교,

심플 라이프의 적

우리는 도로에서는 타인의 자동차와 나의 자동차를 비교하고, 거리를 지나칠 때는 남의 얼굴과 나의 얼굴을, 남의 몸매와 나의 몸매를, 남의 패션과 나의 패션을 비교하고, 친구의 아파트와 나의 아파트 평수를, 심지어는 남의 남편과 나의 남편도 비교한다. 비교는 이제 하나의 문화가 되어 버린 듯하다. 나도 모르는 사이 모방 풍조에 이끌려 간다. 그 자동차를 새로 구입하고, 그 아파트로 넓혀 가고, 그 얼굴로 성형하고, 그 몸매로 지방흡입술을 하게 된다.

누구를 위한 삶인가? 이쯤 되면 자랑하기 위한 삶이 된다.

아니, 무시당하지 않기 위한 삶이 된다. 소유를 통해 소외감을 잊기 위한 삶이 된다. 멈춰 서서, '나'를 위한 삶을 한 번쯤 생각해 봐야 한다. 비교는 삶의 질을 떨어뜨린다. 내 삶의 근본적인 의미를 훼손시킨다.

차라리 돈을 적게 쓰며 마음 편하게 사는 편이 낫다. 단순하게 살다 보면, 본질을 추구하는 힘이 생긴다. 스스로를 단련하는 시간을 갖게 된다. 자신에게, 현재에 충실하게 된다. 고독을 즐기게 된다. 책을 읽게 된다. 글을 쓰게 된다. 예술을 접하게 된다. 교양을 쌓게 된다. 비교를, 자랑하고 싶은 마음을, 쓸데없이 바쁜 척하는 태도를 버리게 된다. 내 안의 여러 가지 페르소나를, 번뇌를, 자의식을 버리게 된다. 단순하게 살다 보면 자신과 마주할 시간과 여유가 많아서일 것이다.

최소한의

소비

　　우리의 일상은 온갖 광고에 노출되어 있다. 인터넷으로 관심 있는 기사 한 면만 읽으려 해도 광고가 10여 개는 떠 있다. 광고 속 브랜드 모델을 흉내 내며 '갑'이 되길 갈망한다.

소비가 미덕인 사회에서 돈으로 행복을 사려고 한다. '인간은 타인의 욕망을 욕망한다.' 철학자 자크 라캉의 말이다. 그는 타인의 욕망이 곧 나의 욕망이라고 말했다.

우리는 필요해서라기보다 인정 욕망이나 체면을 위해 소비

하는 경향이 있다. 옷이 해어져 구멍이 나서 사는 게 아니다. 무시당하지 않기 위해, 유행에 뒤떨어질까 봐 언제나 신상에, 한정판에 목마르다. 호텔에서 결혼해야 하고, 이 정도의 명품 백은 들어 줘야 하고, 아파트 평수는 넓어야 하고, 외제 차를 타야 하고, 돌잔치는 이 정도는 해줘야 하고, 일 년에 몇 번 해외여행을 가야 하고 등으로 비교의 기준을 정한다.

이처럼 타인의 욕망이 내 삶을 조정하는 웃픈 현상이 일어난다. 결국 '나'는 타인이 욕망하는 것들 속에서 자신의 욕망을 건져 올리게 된다. 단순한 삶이 필요한 이유이다.

'나'를 내 삶의 중심에 두기 위해 나에게 가치 있는 것만 적게 소비하고 볼 일이다. 돈으로 행복을 살 수 없다. 미니멀리스트들은, 소비는 단지 기본적인 삶을 유지하는 단순한 행위 그 자체여야 한다고 말한다. 하지만 자본주의는 이를 용납하지 않는다. 자본주의의 특성은 언제나 공급과잉이기 때문이다.

최소한의 소비는 자본주의의 법칙으로부터 이탈하는 것을 의미한다. 어쩌면 자본주의는 자본을 벌어들이기 위해, 개인에게 최소한의 월급을 주고, 돈을 더 많이 쓰게 하는 것인지도 모른다. 하지만 돈은 의미 있는 삶, 목적이 이끄는 삶을 위한 도구일 뿐이다.

단순한 삶을 유지하려면 일단 고정 지출을 줄여야 한다. 큰 집에 살면서 설거지, 청소가 힘들어지면 가사도우미를 쓰게 된다. 가사도우미를 몇 년째 고용한다면 이는 고정 지출이 된다. 이렇듯 고정 지출이 늘어나면 수입을 늘리기 위해 더욱 일을 많이 해야 한다. 설거지, 청소를 허드렛일로 여기며 힘들다고 한탄할 것이 아니라 마음을 담아 살림을 한다면, 살림에서도 나는 주인이 된다. 그러기에 작은 집은 좋은 여건을 마련해 준다. 작은 집은 관리 비용이 적게 들고, 살림하기가 쉽기 때문이다. 이처럼 최소한의 소비는 삶의 고정 지출을 줄이게 해 준다.

과시욕은 결핍에 대한 트라우마일 수도 있다고 한다. 나의 삶을 단순화하면서 나란 사람의 감정을 정확하게 진단할 필요가 있다. 나의 성장 배경, 개성, 성향 등을 스스로 알아야 한다. 최소한의 소비를 위해 소크라테스의 '너 자신을 알라.'는 가르침을 되새길 필요가 있다. 나를 정확히 알게 되면 삶이 단순해지고, 자족을 실천하게 된다. 그러면 타인의 욕망이 아닌 나 자신을 위한 소비가 가능해진다.

단순한 삶은 알면 알수록 경제적이다. 철학적이다.

미니멀리즘과

돈

통장의 잔액이 늘어나면 누구나 기분이 좋아진다. 어느 정도의 돈은 우리를 행복하게 해 준다. 그러나 어느 선을 넘어서면, 흔히 부자라고 해서 더 행복하지는 않다. 이처럼 돈과 행복은 관계는 있으나, 비례하지는 않는다.

단순하게 살다 보면, 나는 누구이며, 어떠한 자세로 살아야 하는지, 내 삶의 주인은 누구인지에 대하여 끊임없이 생각하게 된다. 남들처럼 이 정도의 레벨은 유지해야 한다는 통념으로부터 벗어나게 된다. 이 레벨이란 것을 유지하려면 돈이 많이 든다. 돈이 목표가 되어 야근을 해야 하고, 연

128

봉을 더 높여야 한다. 서서히 돈의 노예가 되어 가기 시작
한다. 체면을 위한 레벨을 의식하기 시작하면 그때부터 개
인의 취향이 아니라 돈에 의해 레벨이 결정되기 때문이다.

이 시대는 나 자신을 위한 성찰의 시간을 허락하지 않는다.
시도 때도 없이 소비하라는 메시지가 흘러나온다. 1+1이면
나도 모르게 물건을 집게 되는 일도 빈번하다. 신중하게 소
비하면 지질하다고 한다. 소비에 대한 주도권을 빼앗겨 체
면치레를 위한 소비를 하게 된다. 나도 모르게 큰 집의 모
든 공간에 물건이 쌓여만 간다.

단순한 방식으로 삶을 살다 보면 내 취향, 내 행복을 위하
여 돈을 벌게 된다. 소비의 한가운데에 내가 서게 되며, 돈

이란 것은 도구에 불과함을 깨닫게 된다. 돈을 벌면서 재미를 느끼게 되고, 자신의 발전하는 모습, 또한 일을 통해 성장에 대한 기대감도 갖게 된다. 돈으로 경험을 사기도 한다. 가끔은 소소한 사치를 위해 돈을 쓰며 행복감도 맛본다. 사치의 진정성을 알게 되고, 삶의 질이 높아진다.

단순하게 살다 보면, 늘어나는 통장잔고에 만족하며, 꿈을 위해 투자하고, 갑자기 처해진 위기 상황도 쉽게 극복할 수 있다. 때로는 돈으로 시간을 살 수 있기에, 비로소 돈으로부터 자유로워진다. 자신의 취향을 유지할 수 있는 정도의 돈이면 딱 좋다.

결국,

절약이다

　　우리는 '부'라는 욕망과 '가난'이라는 현실 사이를 넘나들며 살아간다. 기업이 만들어 낸 브랜드 전략에 의해, 돈으로 행복을 살 수 있다고 끊임없이 세뇌당하고 있다. 남들에게 다 있는 것이 나에게만 없는 듯하여, 소외감에 시달리기도 한다.

풍요로운 삶을 살려면 어떻게 하면 될까? 적게 쓰면 된다. 돈은 쓰는 만큼 또 벌어야 한다. 풍요로운 삶은 어느 수준부터는 돈과 무관하다. 의식주를 위한 기본적인 물건만 소비하는 습관을 통해서 풍요로움을 누릴 수 있다.

남과 비교하지 않으면 된다. 그러면 써야 하는 돈과 쓰지 말아야 할 돈을 구분하게 된다. 낭비는 감정의 결핍에서 온다고 한다. 건강한 자아를 가꾸는 태도가 필요한 이유이다.

보여 주기 위한 삶을 버리면 나의 기본적인 삶을 위해 소비하게 된다. 배움, 여행, 경험을 위해 소비하게 된다. 비움의 일상이 습관에 이르면 진정한 사치를 알게 된다. 소소한 사치, 작은 감사를 알게 된다. 이는 절약이 주는 선물이다.

새로 방문한 카페에서의 커피 한 잔에, 정갈하게 차려입고 출근하는 발걸음에, 피부에 감기는 이불의 포근한 감촉에 행복을 느끼고, 감사하게 된다. 누군가에게는 별 감흥 없는 풍경이지만 절약하는 사람에게는 사치스러운 풍경이 될 수 있다.

절약이라는 것은 무조건 사지 않는 것이 아니라, 무조건 아껴 쓰는 것이 아니라, 나도 모르게 소비했던 낡은 관성에서 벗어나 나 자신의 생활을 풍요롭게 하는 철학적인 행위이다.

철학자 에피쿠로스는 지나친 만족을 추구하지 말라고 했다. 과다한 만족 이후에 더 이상 만족감을 느낄 수 없기 때문이다. 어느 지점부터는 아무리 늘어도 더 이상 감각이 없기 때문이다. 그렇다. 감각을 어느 정도 포기하고 내려놓왔을 때 만족감은 고조에 이르는 것이 세상사의 법칙이다.

결국, 절약이다. 절약하다 보면 인생이 가벼워진다. 일상에서 사치를 느낄 수 있고, 감사할 수 있게 된다. 삶의 기본에 충실하게 된다. 행복에 이르는 지름길이다. 무엇보다도 끊임없이 만족하게 된다.

가계부를

쓴다

　　단순한 삶을 지향한다면 최소한 자신이 쓰는 돈
의 흐름을 알아야 한다. 가계부는 메모의 한 종류일 뿐이다.
가계부를 쓰면 무엇보다도 충동구매를 줄일 수 있고, 필요
없는 지출을 줄일 수 있다. 단순한 삶을 유지할 수 있다. 지
금의 재정 상태, 더 나아가 미래의 재정도 예측할 수 있다.
또한 소비 방식의 문제점을 깨달을 수 있다. 가계부를 작성
하여 소비 패턴을 명확히 알고 볼 일이다.

병원에 검진을 가면 문진표 작성이란 과정이 있다. 환자의
건강 습관, 체력 등 기초 데이터를 모른 채 병을 진단하는

의사는 없다. 가계부를 쓴다는 것은 건강 문진표를 작성하는 것과 같다. 자신의 재정을 진단하기 위해, 더 나아가 자신의 삶을 진단하기 위해 일 년, 적어도 한 달이라도 가계부를 써야 한다. 어렵게 생각할 필요는 없다.

영수증을 굴러다니는 노트에 붙여서 가계부를 작성한다. 그리고 그 영수증 위에 항목별로 합계를 적어 간다. 일주일에 한 번 정도 모든 항목의 합계를 포스트잇에 써 둔다. 그러면 끝이다. 항목은 교육비, 건강 문화비, 식비, 생활 용품비, 주거 통신비, 의복 미용비, 교통비, 경조사 회비, 세금이다.

가계부를 사서 써 보기도 했고, 가계부 앱을 다운받아서 사용하기도 해 보았는데, 영수증을 붙이는 가계부가 가장 쉬웠고, 눈에 잘 들어왔다. 마치 봉투에 현금을 넣어서 소비하는 봉투 살림법같이 영수증을 붙이자 돈을 썼다는 느낌이 확실하게 와 닿았다. 역시나 아날로그 방식이 어떤 행위를 증거하기에는 최고이다. 이렇듯 자신이 편한 방법을 찾아, 자신만의 가계부를 기록하면서 구매 현황을 정확히 파악할 필요가 있다. 그러면 쓸데없이 산 물건들에 대한 반성도 할 수 있다.

일주일에 한 번꼴로 영수증을 보면서 필요 없는 소비를 했다던가, 충동구매를 했다던가 하는 식의 성찰을 하게 된다.

그런 항목은 형광펜으로 표시를 한다. 이렇게 하면 필요한 소비와 불필요한 소비를 알 수 있다. 특히나 불필요한 소비를 더 잘 알게 된다. 예를 들어, 떡볶이 2인분에 14,000원을 썼다. 소화불량이었음에도 불구하고 덥다는 이유로 그냥 가까운 식당에 들어가 분위기에 휩쓸려 이런 소비를 하고 말았다. 밀떡에 라면사리만 많이 주는 곳이었다. 한마디로 취향에 맞지 않는 음식을 먹으면서 돈을 쓴 것이다. 이런 식의 지출에 표시한 형광펜은 다음 외식을 할 때 참고 사항이 된다.

가계부를 쓰는 목적은 무조건 소비를 하지 않는 것이 아니라 꼭 필요한 물건만 구매하기 위해, 단순하게 살기 위해, 소비를 통해 만족하기 위해, 소비하면서 행복해지기 위해 하는 것이다. 정말 원하는 것을 사려면 필요 없는 것을 사지 않아야 한다. 이것이야말로 단순하게 사는 법이다. 그러기 위해 메이 사튼의 말처럼 '자신의 중심을 되찾는 것'이 필요하다.

타인의 욕망이 투여된 소비로 가득하다면 아무리 소비해도 갈증이 난다. 쓸 수 있는 돈이 한정되어 있기에 더욱 적게 써야 한다. 가계부 쓰기가 필요한 이유이다.

일주일에 한 번쯤 붙여 둔 영수증을 보며 개념 없는 소비, 체면을 위한 소비에 형광펜으로 표시를 한다. 이런 행위를 반복하다 보면, 나의 기본적인 삶을 위한 최소한의 소비 품목만 남게 된다. 이런 것들이야말로 나의 인생 템이 된다.

가계부를 쓰다 보면 '나'란 사람이 보이기 시작한다. 질 높은 삶이 가능해진다. 사는 게 심플해진다.

검소하게

산다

처음부터 검소하게 살려고, 노력한 것은 아니다. 나다움이라는 본질을 찾고자 심플이라는 방법을 사용했고, 그러다 보니 검소해졌다. 타인의 욕망에 나를 끼워 맞추지 않으니 검소해졌다. 삶의 고정 지출을 줄이니 검소해졌다. 행복을 물건으로 사지 않으니 검소해졌다. 나를 찾다 보니 어느 순간 검소해졌다.

거실에는 식탁 한 개, 의자 두 개, 소파 한 개, 소파 테이블 한 개가 전부다. 작은 집에 살다 보니 고정 지출이 많이 줄었다. 차 없이 살다 보니 고정 지출이 많이 줄었다. 고정 지출이 줄다 보니 재정 관리가 쉬워진다. 따라서 재정 관리에 들어가는 나의 시간, 에너지도 줄어든다. 삶의 패턴을 심플하게 하고 볼 일이다.

쓸데없는 곳에 들어가던 나의 에너지를 이제는 아이들 성장과 나의 몸 관리, 마음 관리에 쓴다. 필요 없는 곳에 들어가던 나의 돈을 이제는 재정을 늘려 가는 곳에 쓴다. 나란 사람이 어떤 사람인지 알아 가다 보니 비로소 삶이 안정되고, 자족하게 되었다. 그 결과, 검소하게 산다.

돈의 주인이

되어 간다

　　돈이 인생의 전부는 아니다. 하지만 돈은 선택의 스펙트럼을 넓혀 준다. 심지어는 돈으로 시간을 살 수도 있게 해 준다. 내게 가치 있는 것을 쉽게 갖도록 해 준다. 누군가 돈은 그 사람이 가진 자유의 총량이라고도 말했다. 그렇다고 돈에 집착할 필요는 없다. 돈은 단순하게 물건이나 서비스를 교환할 수 있는 정도의 매개체일 뿐이다. 돈 앞에 겸손해야 할 필요가 있다.

단순하게 살다 보면, 돈이 자연스럽게 모이는 것을 경험하게 된다. 고정비용이 줄어들기 때문이다. 검소하게 살기 때문이다. 있는 그대로의 내 모습을 인정하고 만족하기 때문

이다. 더 이상 남을 흉내 내거나 경쟁하며 자랑하는 삶, 휘둘리는 삶을 내려놓기 때문이다.

노후에 가난하게 살고 싶지는 않다. 가난은 불편하기도 하지만, 불행하기도 하다. 아플 때 병원에 갈 수 없고, 가끔 노스탤지어에 젖어 먹고 싶은 메뉴가 떠오를 때 사 먹을 수도 없고…. 생각만 해도 불행하다. 그렇다고 많은 돈이 필요한 건 아니다. 많은 돈을 가지려면 그만큼 많은 수고가 필요하기에 심플한 취향을 유지할 수 있을 정도의 돈이면 좋다. 적당히 벌고, 적게 쓰기, 보통의 방법으로 재정을 늘리면 된다. 이것이 돈에 크게 영향 받지 않고 살 수 있는 방법이다. 돈을 많이 들이지 않고 풍요롭게 살 수 있는 방법이다.

돈의 노예가 되지 않으면서, 돈의 주인이 되어 간다. 적당히.

빠름에서
느림으로
~~~~~~

쉼표

쉼표.
집중하되 집착하지 않는 것.
성실하되 잠시 쉬어 가는 것.
열심이되 강박을 벗어날 것.

음악을 들으며 음 사이의 정지, 그 쉼표의 느낌을 알 수 있을 때, 단순함의 묘미를 느낄 수 있다. 그러고 보면 심플은 모든 예술, 더 나아가 인간사의 조건이다.

쉼표는 일상의 단순함이다. 장자는 '낙출허樂出虛'라고 말하

였다. 즐거움은 비움으로부터 온다는 뜻이다. 존재의 본질은 바로 비움이다.

'심령이 가난한 자는 복이 있나니…'라고 성경에서도 말한다. 그러고 보면 대부분 종교의 본질도 비움이 아닐까? 비어 있으면 여유가 생긴다.

여유는 본질과 직결된다. 행복과 직결된다. 쉼표가 있을 때, 삶은 아름다워진다. 오늘 하루도 성실하게 살되, 가끔 쉼표를 찍어 보자.

하모니

삶.

냉정과 열정 사이,

직장과 가정 사이,

책임과 표현 사이,

여자와 엄마 사이,

'조화로운 삶'이란 이러한 삶의 사이가 잘 어우러질 때 생기
는 '하모니'이다. 하모니란 높이가 다른 둘 이상의 음이 동
시에 울려서 생기는 합성음이다. 하모니의 전제 조건은 각
음을 정확하게 소리 내야 한다는 것이다. 각자의 다양한 역

할과 주어진 책임을 감당하면서 동시에 내적인 성장과 고유한 나를 표현하고자 할 때 조화롭다.

매일 숨 가쁘게 돌아가는 일상 때문에 지칠 때가 있다. 삶의 불협화음이 시작되는 순간이다. 그때 가장 필요한 것은 침묵의 시간이다. 침묵의 시간…. 고요한 심호흡을 통해 나를 관찰하고, 평안을 느끼며 다시금 잃어버린 나를 찾고, 사랑이 넘치기를 기대하는….

이때 바흐의 「인벤션invention」을 듣는 것도 좋다. 「인벤션」을 듣다 보면 조화로운 삶을 떠올리게 된다. 아주 단순하게 만들어진 음에 의한 공간 구성이면서 창의적인 기법이 넘치기 때문이다. 화려할 것도 없고, 자랑할 필요도 없는, 있는 모습 그대로의 하모니이다.

내 인생의 음을 정확하게 소리 내는 것이 먼저이다. 이러한 일상의 하모니를 통해 삶을 더 세련되게 가꾸고, 소박함 속에서 커다란 즐거움을 찾으며 내가 원하는 마음의 협주곡을 작곡할 수 있다.

이데아의 순간을

기대하며

방황하던 스무 살, 대학 교정에서 흘러나오던 음악이 있었다. 슈베르트의 「아르페지오네 소나타」였다. 흩어지던 낙엽과 우수에 찬 「아르페지오네 소나타」는 나의 걸음을 멈추게 하였다.

누구에게나 이런 경험이 있다. 책을 읽다가 문득 확대되어 보이는 문장이 있고, 목사님 설교를 듣다가 나의 귀에만 들려오는 말씀이 있다. 라디오에서 흘러나오는 음악을 듣다가 눈물을 흘리는 순간이 있고, 커피 한 잔을 마시며 하늘을 보게 되는 순간이 있다. 여행을 하다가 버스 창밖으로

스치는 이국적인 풍경에 마음의 위안을 얻는 찰나의 순간
이 있다. 이런 경험을 영적으로는 '계시'라고 한다. 그것을
나는 '이데아'라고 부른다. 우연한 행복을 느끼는 그 순간,
나는 이데아에 도달해 있으니까….

일상에서 이런 순간은 생각보다 많다. 이런 이데아의 경험
은 또 다른 경험을 하게 한다. 대학 시절에 슈베르트 「아르
페지오네 소나타」를 듣고 이데아를 맛본 후, 첼로를 배우
기 시작했다. 나의 20대는 첼로와의 동행이었다. 첼로 덕분
에 젊은 날의 방황을 끝낼 수 있었다. 첼로 덕분에 20대에
참 잘 놀았다. 인생은 알다가도 모를 일이다. 나 같은 사람
이 클래식 마니아가 될 줄은 정말이지 꿈에도 몰랐다. 그
러니 이런 이데아의 순간을 기대하며 하루하루를 설렘으
로 살고 볼 일이다.

마흔 즈음에 단순한 삶을 지향하면서 나를 변화시키고 있
다. 무엇보다 몸과 마음이 건강한 삶을 살고, 스스로 격려
할 수 있고, 타인을 배려하는 삶을 살고자 한다. 채우고자
하는 관성을 버리고, 가벼운 몸과 마음으로 균형 잡힌 삶을
살고자 한다. 단순함은 이데아와 연결된다. 단순함은 본질
이기 때문이다. 단순한 삶에 눈을 뜨면서, 이데아의 순간을
기대하는 버릇이 생겼다.

작은 숲을

걷는다

　　퇴근 후 저녁식사를 마친 후, 나만의 조용한 공간으로 향한다. 그곳은 바로 작은 숲이다. 이 공간에서 심호흡을 하고, 산책을 하며 명상을 한다. 작은 숲, 이 유쾌한 공간을 산책하다 보면 일상에서 느낄 수 없는 신선한 공기를 마실 수 있다. 이곳은 회복의 원천이다. 깊은 샘 마중물이다. 파란 하늘과 울창한 나무는 멋진 선물이다. 처음에는 운동 삼아 걸었다. 이제는 나의 영혼을 위해 걷는다. 모든 이유를 동원하여 걷는다.

작은 숲을 걸으며 영혼을 정화시킨다. 스트레스를 가라앉

히고, 나의 들숨과 날숨에 집중하며 발걸음의 리듬을 즐긴다. 내면에 고요함이 찾아온다. 그리고 위로를 받는다. 한 걸음, 한 걸음 내딛는 이 공간, 이 순간을 즐긴다. 나의 삶을 사랑하게 된다. 이 리듬을 느끼다 보면 나의 모든 것에 몰입하게 된다.

전문가들은 삶이 행복하기 위해서는 일상에서의 정서적인 경험이 풍요로워야 한다고 말한다. 여행도 좋지만, 일상에서도 충분히 즐거운 경험을 할 수 있다. 산책은 일상에서의 즐거운 정서적 경험이다. 현재, 삶의 속도는 걷잡을 수 없이 빨라졌다. 때로 우리는 이 속도를 감당하다가 정신 줄을 놓기도 한다. 산책해야 하는 이유이다.

인생은 속도가 아니라 방향이라 하지 않았던가? 걸으면

서 명상하며 내 삶의 방향을 찾아야 한다. 작은 숲에서의 산책을 통한 소소한 일상의 리추얼을 느끼며 오후의 일상을 즐긴다.

걷다 보면

걷다 보면,
몸이 가벼워진다.
삶이 가벼워진다.
생각이 가벼워진다.

걷다 보면 몸의 리듬이 유리드믹스를 경험하게 된다. 유리드믹스는 스위스 음악학자이며 작곡가, 연주가였던 달크로즈가 창안한 개념이다. 그는 "인간은 본래 신체적으로 리듬

감을 갖고 태어난다."고 주장하였다. 신체의 움직임을 통해 음악을 경험하고 학습한다는 것이다. 신체의 움직임에 대한 감지는 느낌으로 전환되어 뇌까지 전달되는데, 이를 '운동감각적 지각'이라고 한다.

이처럼 걷다 보면 몸의 리듬이 즐거워져 음악이라는 예술까지도 경험하게 된다. 음악뿐이던가? 걷다 보면 미술적 경험도 하게 된다. 싱가포르에서 살 때 미적인 감각이 일깨워지는 산책을 한 경험이 많다. 동남아시아의 이국적인 풍경에 시선이 행복했다. 고갱의 그림을 자주 떠올리게 되는 산책이었다. 그곳에서 어쩌면 걷기 위해, 걷기 위한 시간을 확보하기 위해 심플하게 살았는지도 모른다.

걷다 보면 자신을 끊임없이 성찰하게 된다. 시선이 자유로워져 몸과 마음 또한 자유로워진다. 걷기는 행복으로 통하는 일상의 가치이다. 걷기는 단순한 생활의 최고봉이다. 천천히 걷는 동안, 자연 속에 숨은 아름다움과 풍요를 배우게 된다.

기분 좋게 출퇴근을 한다

스티브 잡스가 그랬다. 출발과 시작, 노력이란 것은 '점을 연결하는 일connecting the dot'이라고…. 먼 훗날 뒤돌아보면 과

거의 모든 행위가 분명한 선으로 드러나서 유의미하게 된다는 뜻이다. 출퇴근길에 'connecting the dot'를 자주 생각한다. 직장에서 보내는 시간이 삼분의 일인데 이곳에서 찍는 점들이 유의미하길 기대한다. 기분 좋게 일하고, 배움과 성장이 있기를 기대한다. 출퇴근길에 싱그러운 꽃과 나무를 보며 성찰한다. 오늘 직장에서 행복했는가, 배려했는가, 시간을 낭비하지 않고 최선을 다했는가?

걸어서 출퇴근을 한다. 나의 출퇴근길은 항상 아름답다. 계절별로 변하는 꽃과 나무가 많기 때문이다. 덕분에 상쾌한 하루를 시작한다.

그러고 보니 출퇴근길에 핀 꽃들도 하나하나의 점이 모여 미를 이루었다. 나의 삶도 시간 속의 점들이 하나하나 연결되어 미를 이루기를 기대한다.

단순한 생활이 큰 도움이 되리라. 지금 좋으면 앞으로도 좋을 것이다. 그래서 이 출퇴근길에 웃고, 발걸음을 가볍게 하며, 에너지를 충전한다. 해야 할 일과를 생각하지 않는다. 그냥 출퇴근길을 즐길 뿐이다. 이런 사소한 행동의 점들이 연결되어 또 하나의 의미 있는 분명한 선이 되기를 기대한다.

에너지를 남겨 두는

지혜

　　세상은 무조건 성공하라고 가르친다. 경쟁의 승자가 되라고 가르친다. 나도 그런 줄 알았다. 삼십 대의 나이에 직장생활에 에너지를 다 쓰고, 그것도 모자라 육아와 살림까지 해 가며 내 능력의 100% 이상을 쏟아 부었다. 결국 쓰러졌다. 참, 무식하게 살았다. 남들은 열심히 살다 보니 그런 거라고 위로해 주었다. 그러나 몸이 아팠다. 몸이 아프면 모든 것이 무너진다.

아픔을 통해, 그릇도 비어 있어야 담을 수 있듯이, 에너지도 약간은 남겨 두어야 한다는 깨달음을 얻게 되었다. 그 후

로 에너지를 20~30% 정도는 남겨 두려고 노력한다. 비움의 또 다른 실천이다. 성공하기 위해 에너지를 쥐어짜다 보면, 내 앞의 붉은 노을을 놓치게 된다. 상쾌한 풀내음을 놓치게 된다. 그래서 경쟁에서 이기기보다 주변의 아름다운 풍경을 보며 괜찮은 선에서 만족하려고 한다.

아이가 어릴 때는 잘하는 영역보다 못하는 영역의 교육에 신경을 많이 쓴다. 그러나 아이가 커 가면서 안 되는 건 안 되는 것임을 알게 된다. 엄마는 아이를 통해 내려놓음을 배우게 된다. 이런 면에서 보면 엄마와 아이는 함께 커 간다. 이처럼 매사에 무언가를 쥐어짜지 말고, 적당한 때에 내려놓을 수 있는 것이 에너지를 남겨 두는 지혜이다.

완벽하게 살기보다 여백의 기쁨을 갖고, 에너지를 남겨 두어 주변의 아름다움을 느끼고 싶다. 붉은 노을 앞에 서서 삶의 기쁨과 순수성을, 존엄성을 회복하고 싶다. 가끔은 꽃밭에서 몸을 구부리고 향기를 맡으며 취하고 싶다.

즐겁지 않으면

인생이 아니다

가끔 티파티를 하며 달콤한 순간을 즐긴다. 푹신한 의자에 몸을 기울이며 실버 문 티를 마신다. 향을 음미하고, 지나가는 사람들을 구경하며, 손가락을 가볍게 튕겨 본다.

세상살이에 지친 나의 몸과 마음을 회복하고, 느긋함을 담는 순간이다. 가볍게 맛볼 수 있는 달콤한 티타임은 좋은 추억을 떠올리게도 하고, 혀끝의 감각을 자극시켜 기분을 달콤하게 한다. 이 순간을 즐기게 된다. 스콘, 바움쿠헨, 티라미수, 타르트, 초콜릿, 아이스크림 등의 디저트는 삶에 달콤한 선물을 준다.

단순하게 살다 보면 이런 순간들이 자주 찾아온다. 몸과 마음의 여유를 챙기는 삶이기 때문이다. 행복의 기준을 타인의 시선이 아닌 자신의 내면에 두기 때문이다. 불필요한 짐을 버리고, 가벼운 마음을 갖고 있기 때문이다.

달콤한 순간을 즐기는 이 순간만큼은 불안과 걱정을 버리고, 긍정적인 감정으로 소박한 기쁨에 휩싸이게 된다. 그야말로 달콤한 사.치.이다. 문득 윤동주의 「별 헤는 밤」을 암송하게 된다. 견딜 수 없이 아름다운 순간이다.

탈무드에서는 자신에게 허락한 기쁨을 누리지 않은 사람은 책임 추궁을 받을 것이라고 가르친다. 행복은 도처에 넘쳐 있다. 마음만 먹으면 얼마든지 즐거운 게 인생이다. 즐겁지 않으면 인생이 아니다. 달콤한 순간을 만끽해 보자.

내 삶의 빛나는

순간을 포착한다

여행을 하다 보면, 내 삶의 빛나는 순간이 반드시
찾아온다. 가족과 해변에서 함께 시간을 보내면서 아름다
운 일몰을 만끽한 순간, 아이가 모래성을 완성한 순간은 일
상으로 돌아가더라도 꼭 기억하고 싶은 순간이다. 때론 "이
순간이여, 영원하라~."를 외치기도 한다.

하지만 매일 해변에서 놀 수는 없다. 해변이 가까이에 있지
도 않을뿐더러 시간적 여유도 없으니까…. 일상에서 이런
기분을 느끼고자 가볍게 시간을 낸다. 지금, 이 순간, 소박
하게 즐길 수 있는 방법을 찾아낸다. 비록 가족과 해변에서

함께 시간을 보내며 느끼는 즐거움은 아니지만, 소박한 즐거움으로 해방되는 날이 있다.

성찰을 하는데도 불구하고 가끔 부정적인 습관, 마인드가 하나씩 스멀스멀 올라오기도 한다. 그럴 때는 현재를 즐기기 위해 시간을 낸다. 아이와 함께라면 더욱 좋다.

지금, 여기에 집중하다 보면 자아를 찾아가는 여행의 루트가 생긴다. 언제나 답은 내 안에 있다. 현재에 집중하다 보면 마음이 홀가분해져, 의미 있는 것에 집중하게 된다. 내 삶의 빛나는 순간을 포착할 수 있는 능력이 생긴다. 이것이 바로 단순한 삶의 묘미이다. 이에 끊임없이 누리고 싶은 것은 만족감이다.

여행지에서의 행복했던 순간을 기억하고, 일상에서는 소소한 사치를 통해 내 삶의 빛나는 순간을 포착한다. 이는 현재에 집중한 선물이다.

발길

닿는 대로

길을 가다가 좋아하는 취향의 카페가 보이면 조용히 들어가 앉는다. 그러면 그 순간이 더욱 느긋하고 즐겁다. 그곳에서 멋진 시간을 향유한다. 책을 읽으면서 메모를 하거나, 카페를 둘러보며 나만의 아름다운 시간을 보낸다. 때로는 향에 집중하여 차만 마시기도 한다.

한때 내 영혼의 평안과 여유를 아주 절박하게 갈망했던 적이 있다. 그땐 나를 돌아볼 여유도 없이 너무 바빴다. 이젠다 내려놓고, 이런 곳에 불쑥 들어가 나만의 아름다운 시간을 갖는다. 마치 미지의 세계를 방문하는 듯한 새로운 기분

이다. 단순한 생활 패턴 덕분에 이런 시간을 가져도 하루 일정에 방해가 되지 않는다. 이런 시간을 갖고 나면 나라는 존재의 풍성함을 느끼게 된다.

나뿐만 아니라 현대인은 스트레스, 바쁨이 문화의 한 부분일 정도로 분주하고 어수선한 삶을 살아간다. 그래서 우리에겐 이런 아름다운 순간을 위한 의식적인 노력이 필요하다. 일상에서 발길 닿는 대로 들어가 보는 모험이 필요하다. 그럼으로써 잃어버린 '쉼'의 시간을 다시 찾게 된다. 재충전하는 법을 알게 된다. 자신을 사랑하는 일이야말로 내가 할 수 있는 가장 소중한 일임을 알게 된다.

천천히, 지금 이 순간을 즐긴다. 내 시간이 더욱 세련되어진다. 내 하루가 더욱 멋진 시간들로 채워져 간다. 단순한 삶 덕분이다.

Carpe diem

　심플 라이프는 Carpe diem이다. 과거의 트라우마에 지배당할 필요도 없고, 미래를 준비한다며 현재를 희생할 필요도 없다. 일상의 순간에 춤추듯이 몰입하면 그만이다. 그 시간에 무엇을 하든 그냥 온전하게 즐긴다.

　Carpe diem이라는 단어를 떠올리면 발리 누사두아에서의 패러세일링이 생각난다. 패러세일링을 하는 내내 Carpe diem이라는 단어가 뇌리에서 떠나지 않았다. 하늘 위에 둥둥 떠서 아득한 수평선을 내려다보며 무념무상의 상태에 있었으니까…. 그 짧은 순간, 기구에 몸을 맡기며 현재를

즐겼던 몰입을 잊을 수가 없다. 그러나 스트레스와 복잡한 현실 속에서 Carpe diem은 쉽지 않다. 훈련이 필요하다.

현재에 집중하여 맥락을 즐기는 태도가 중요하다. 여행을 통한 여러 가지 체험은 Carpe diem의 지경을 넓혀 준다. 삶을 풍요롭게 해 준다. 이런 체험들이 쌓이고 쌓여 일상에서도 Carpe diem을 할 수 있는 습관을 만들어 준다. 여행은 우리에게 살아 있음을 전달해 주는 통로이다.

이런 습관은 삶을 단순하게, 존엄하게 해 주는 비결이다. 일상의 찬란함을 느끼는 것, 일상 그 자체에서 살아 있음을 증명하는 것, 이것이 심플 라이프의 본질이다. 이처럼 현재의 순간들이 쌓이고 쌓여 멋진 내 인생이 이루어진다. 지금, 이 순간을 즐기고 볼 일이다.

커튼 사이로 스며드는

아침 햇살처럼

언제부터인가 늘 찌뿌둥한 몸이 되었다. 내 모든 것의 무게감이 느껴졌다. 가볍게 살고 싶었다. 단순하게 살게 된 동기이다.

어수선하고 불안정한 상태에서는 스스로 불행하다는 어처구니없는 생각을 하게 된다. 주변을 비우면 마음이 비워진다. 마음이 비워진 상태에서는 스스로 행복하다는 느낌을 갖게 된다. 그러고 보면 행복과 불행은 동전의 양면과 같다.

물건이 적으면 공간에 쉼표가 생긴다. 쉼표의 공간에서 나

를 위한 쉼을 청한다. 유쾌한 기분이 든다. 감사하는 마음이 생긴다. 스스로 행복을 선택할 만큼의 믿음이 생긴다. 세상의 속도를 따라가며 아등바등 살지 않고, 나만의 고유한 속도로 나의 길을 가게 된다. 그래서 마음이 편하다. 스스로 쉬는 법을 알아 간다. 남과 비교하며 돈이 없다고 한탄하지 않고 적게 쓰며 만족하게 된다. 내가 하는 노동의 가치를 알게 된다. 나만을 위한 시간이 늘어난다. 자신을 돌아볼 여유가 생긴다. 몸을 돌아볼 여유가 생긴다. 이래저래 선순환이다. 복잡하고 어수선한 세상에서 '나'를 되찾고 내가 주인이 되어 살아가는 자주성을 회복한다. 삶이 조금 가뿐해진다. 새로움에 눈 뜨게 된다.

이제는 아침햇살을 느낄 수 있는 눈이 생겼다. 아니 마음의 여유가 생겼다. 아침에 일어나 햇살을 음미하고, 가볍게 스트레칭을 하며 커피 한 잔을 마신다. 허둥지둥 출근하지 않는다. 나에게 심플 라이프는 그렇게 찾아왔다. 커튼 사이로 스며드는 아침햇살처럼.

멍

때리기

꽉꽉 차 있을 때, 숨이 턱턱 막히고, 때로는 번 아웃되기도 한다. 결국 무너지게 된다. 이런 때, 멍 때리기를 하며 시간을 비워야 할 필요가 있다. 비우면 새로운 에너지로 채워진다.

몸의 긴장을 풀기 위해 요가를 한다. 이처럼 마음의 긴장을 풀기 위해 멍 때리기를 한다. 멍 때리기는 말 그대로 멍하게 있는 것이다. 바쁨 중에 생각을 비우는 정신적 이완의 순간이다.

아르키메데스는 목욕을 하며 멍 때리고 있다가 "유레카!"를 외쳤다. 이처럼 생각은 비울수록 창의적이고 새로워진다. 그러나 우리의 뇌는 온갖 스트레스에 노출되어 있다. 쉬면서도 스마트폰을 만지작거린다. 휴식이 거의 없다. 그야말로 정.신.없.다. 멍 때리기가 필요한 이유다. 아무것도 하지 않을 시간이 필요하다. 아무 일도 하지 않고 고요하게 앉아, 그저 내면에 귀를 기울이는 시간을 갖는다.

낮잠을 짧게 자거나 작은 숲을 산책한다. 좋아하는 카페에서 커피를 한 잔 마신다. 저녁시간 그윽한 전등 아래서 낭만을 즐긴다. 조용히 반신욕을 하기도 한다. 생각뿐이랴? 모든 것이 그렇다. 멍 때리기를 하며 무심코 통찰을 얻기도 하고 새로운 발견을 하기도 한다. 비움은 통찰과 연결된다.

온전히

쉰다

심플 라이프는 자본주의의 노예가 되기를 거절한
다. 자신이 좋아하는 일을 하며 조화롭게 살 수 있는 꿈을
꾸며, 자본주의에 유연하게 대응할 수 있는 삶의 태도를 갖
게 해 준다. 겉치레가 줄어들고, 모든 것이 가벼워진다. 삶
의 균형이 회복되고, 유연해진다.

심플 라이프는 자립을 위한 인문학적 태도이다. 문명은 점
점 발달하지만, 그 사이에 피로와 스트레스는 계속 늘어만
간다. 산더미처럼 쌓인 일을 정신없이 처리하는 것만으로
하루가 쏜살같이 지나간다. 사는 게 정신없다 보니, 멈춰 서

는 것도 어렵다. 해야 할 일과 역할이 많아 숨이 턱턱 막히기도 한다. 허겁지겁 밀린 숙제 하듯이 내 삶을 살아 버리고, 살맛이 나지 않는다고 말한다.

인간은 연속된 자극을 받아들이기엔 한계가 있다. 나이가 들어갈수록 이 쳇바퀴 속에서 빠져나오기가 더욱 어려운 법이다. 내 삶의 시스템을 단순하게 만들어야 하는 이유이다. 바쁜 일상에서 나 자신에게 줄 수 있는 가장 값진 선물은 '휴식'이다.

휴식이야말로 가장 좋은 사치이다. 휴식을 하며 철저히 고독을 즐긴다. 이를 위해 평소의 일상을 단순하게 정돈한다. 방바닥에 먼지가 쌓이지 않게 하며, 빨래를 미루지 않고, 제때에 수납칸을 정리한다. 청소를 미루지 않는다.

시간과 공간을 비워 두어야 한다. 그런 다음, 쉰다. 쉬다 보면 시선이 자유로워지고 정신이 맑아진다. 음악에서도 적당한 쉼표가 있어야 아름다운 법이다. 현악기 연주자들도 호흡에 많은 신경을 쓴다. 처음엔 의아했다. 관악기 연주자도 아닌데…. 모든 연주자는 쉼표에 정성을 다한다. 그럴 때 음표의 표현에 최선을 다할 수 있기 때문이다.

이처럼 바쁨 가운데 찾는 여유는 꿀맛이다. 바쁨 가운데 쉬

는 휴식이야말로 온전한 쉼이다. 진정한 휴식 가운데 '나'를 볼 수 있다. 마음의 쓰레기를 비우고, 비로소 소중한 것을 소유하게 된다.

문득 하던 일을 멈추고, 가을 하늘을 올려다본다. 동요 하나가 떠오른다. "파란 가을 하늘 아래~, 단풍잎을 밟~으며 바구니 끼고서 밤을 줍네~. 가을이 밤처럼 익어 가네~." 한 번쯤 하던 일을 멈추고, 가을 하늘을 올려다보자.

어쩌다 주어진

시간에

어쩌다 시간이 주어지면, 이처럼 반가운 일이 없다.

그럴 땐 주로 카페를 찾아간다.

이런 요행을 바라며 가방에 늘 책 한 권을 준비하고 있다.

어쩌다 주어진 시간에 새로운 카페에 들어가면 흥분된다.

의도치 않게, 새로운 공간에서 새로운 시간이 펼쳐지기 때문이다.

이럴 땐 새로운 차를 마신다.

돌발적인 상황에 새로운 향을 즐기는 낭만을 위하여….

이런 날엔 익숙하지 않은 허브 향이 참 좋다.

어쩌다 마주친 허브 향이니까….

일단 눈을 감고 허브차를 마시며 감사기도를 한다.

여유 있게….

그리고 가방에서 책을 꺼내든다.

이런 날엔 더욱 사모하게 된다.

우연히 마주칠 책 속의 낭만을, 지혜를….

이곳에 머무는 자투리 시간 동안 충분히 행복에 감싸인다.

이제 나를 필요로 하는 일상으로 돌아간다.

이름 모를 카페여, Bye~.

단순하게 살다 보면

나를, 나의 모든 시간을 존중해 주는 습관이 생긴다.

여백이 있는

저녁 시간

식구들 저녁을 챙기고, 저녁식사를 하고, 설거지를 하고, 빨래를 하고, 빨래를 갠 후, 여백이 있는 저녁 시간을 갖는다. 시간의 여백을 챙기고자 나의 일상은 부지런하다. 단순하다.

여백이 있는 시간을 챙긴다는 것은
스스로 내 삶을 존중한다는 증거이다.
'나'를 내 삶의 중심에 둔다는 뜻이다.
그것은 곧 내가 시간의 주인이라는 뜻이다.
여백이 있는 시간에 좋아하는 음악을 듣고,

책을 읽고, 차를 마시고, 수다를 떨고, 요가를 한다.
행복해지는 필터를 거쳐 이데아의 경지에 이른다.

호주 퍼스에서는 저녁이 되면, 가족들이 함께 오솔길을 따라 해수욕장으로 가서 모랫길 산책을 하거나, 수영을 하거나, 공놀이를 한다. 모래 위에 블랭킷을 깔고 누워 석양을 바라보며 여유 있는 저녁 시간을 보낸다. 마음을 비우고, 석양을 바라보며, 지금 이 순간에 집중한다. 내 주변에도 이런 자연이 있으면 더할 나위 없이 좋겠다.

따로,

또 같이

우리는 참 복잡한 사회를 살아간다. 내 가면을 쓰고 내 역할만 하기에도 버겁다. 내 인생도 복잡한데 SNS를 통해 남의 사생활까지 챙겨 보며 흉내 내느라 더욱 바쁘다. 나이가 들수록 사회에서의 역할 비중이 커져 간다. 복잡한 삶의 굴레를 벗어날 수가 없다. 그러다가 다양한 역할 속에서 가면을 쓰느라 몸은 무거워지고 마음도 지쳐 간다.

이럴 땐 '자기만의 방'으로 들어가야 한다. 삶의 균형을 회복하고 마음의 여유를 찾아야 한다. 마음을 비워 내는 지혜가 필요하다. 이것은 혼자 있을 때 가능하다.

홀로서기가 잘 되어 있으면 같이 있어도 편해진다. 함께 있지만 적당한 거리를 둘 수 있기 때문이다. 나무가 다닥다닥 붙은 상태로는 잘 자라지 못하듯이, 우리도 마찬가지다.

같은 길을 가지만 따로, 또 같이 있을 수 있어야 한다. 나는 이것에다 트랜스포머 관계라고 이름 붙였다. 범블비, 옵티머스 프라임 등으로 각자의 길을 가다가 때가 되면 합체하는 것이다.

사회생활도, 가정생활도 이와 비슷하다. 외로워서 결혼하는 사람은 결혼해서도 외롭다. 반면에 홀로서기가 잘 되어 있는 사람은 결혼해서도 행복하다. 나의 정체성이 확립되어야 부대끼는 관계도 잘 버틸 수 있는 법이다.

함께 있지만 그 사이에는 빈 공간이 있어야 한다. 남편이 퇴직 후 부부가 같이 있는 시간이 늘어나면서 이혼율이 급증한다고 한다. 오죽하면 '삼식이'란 말이 나왔을까?
가까운 관계일수록 혼자만의 시간을 주어야 한다. 그러다가 필요할 때 같이 있으면 애틋해진다. 혼자 있는 즐거움을 맛본 사람만이 같이 있어도 행복한 법이다.

우리는 먼저 자립해야 한다. 그리고 주변과 조화를 이루며 살아가야 한다. 샘물은 마르면 다시 솟아날 수 없다. 마르지 않는 샘물이 되도록 끊임없이 성찰해야 한다.

adagio

집안일을 열심히 하다가 멈춰 서서, 땀을 닦고, 알비노니의 「아다지오」를 듣곤 한다. 만종을 듣고 잠시 멈추어서 감사기도를 드리는 것처럼.

음악은 하모니이다.
하모니는 조화로운 삶이다.
일과 휴식 사이.
타인과 나 사이.
균형.

아다지오는 음악용어로 '천천히'를 뜻하는 말이다. 안단테와 라르고 사이. 느린 빠르기로 쓰인 소나타나 교향곡 등의 느린 악장도 아다지오라고 한다. 아다지오는 우아하다. 아다지오는 심플하다.

오늘 하루, 아다지오로 속도를 늦춰 보자. 내 삶의 방향을 찾아보자. 마음을 진정시키자. 기분 좋게 있자. 나의 하루, 알비노니의 「아다지오」처럼! 느림의 선율이 울려 퍼지도록.

나만의

새벽

단순하게 산다는 것은 나답게 사는 것이다. 내 삶을 단순하게 정리하면 나 자신만을 위한 시간이 만들어진다. 나만의 시간 속에서 나 자신이 온전한 존재라는 것을 알게 된다. 내 삶이 견고해진다. 맑은 정신으로 깨어 있게 된다. 두려움과 결핍으로부터 자유롭게 된다.

새벽은 나만을 위한 시간으로 삼기에 좋다. 새벽에는 돌발 상황도 없고, 번개 하자는 문자도 오지 않는다. 식구들이 밥 달라고 하지도 않고, 직장 상사의 잔소리도 없다.
나만의 새벽을 위해 일찍 자고, 일찍 일어난다. 나만의 새벽을 갖다 보면 하루의 주도권을 내가 쥐게 된다. 긍정의 기운이 가득해지고, 맑은 정신으로 활력이 넘친다.

늦게 일어나서 허둥지둥 대며 아침을 보내면 그날 하루는 망치기 마련이다. 온갖 망상과 어수선함이 끼어들기 마련이다.

전날 밤이 오늘 하루를 결정한다. 전날 밤은 좋은 하루를 열기 위한 전제 조건이다. 좋은 책을 읽거나, 좋은 음악을 듣고, 명상을 하며 잠자리에 든다. 잠들기 전의 기분이 무의식에 영향을 미치기 때문이다. 잠든 사이 나의 무의식 속에 긍정 에너지가 퍼져 간다.

일찍 잠자리에 드는 것은 중요하다. 그러나 이 사회는 밤에 일찍 자는 것을 허락하지 않는다. 야식, 드라마 시청, 인터넷 쇼핑, 게임, 음주 등 밤새 돈을 쓰도록 유혹한다. 급기야는 '불금'이라는 단어도 만들어 내며 나를 돌아볼 시간을 허용하지 않고, 낮에는 돈 벌고, 밤에는 돈 쓰는 하루살이로 전락시킨다.

돈 관리를 위해서라도 일찍 자고 일찍 일어나야 한다. 일과 휴식을 조절해야 한다. 일찍 자는 것을 우습게 생각하면 안 된다. 맑은 아침을 시작하려면 전날 밤의 가치를 알아야 한다. 전날 밤의 가치를 아는 사람은 내일의 아침을 기다리기 마련이다.

새벽에 일어나서 제일 먼저 하는 일은 커튼을 걷고 아침 햇살을 받는 것이다. 그리고 감사 기도를 한다. 감사의 표현은 더 큰 사랑이 되어 나에게 돌아온다.

맑은 정신이 성공의 열쇠이기에 가끔은 명상을 한다. 머릿속을 비우고 맑은 정신을 불어넣는다. 경험하고 싶은 것, 만나고 싶은 사람 등을 상상한다. 내 삶의 모든 일이 순조롭기를 기대한다. 기분이 좋아지는 것들을 찾는다. 오늘 해야 할 일을 그려 보고, 잘 마무리된 모습을 상상하기도 한다. 그리고 아침 샤워를 한다. 아침 샤워는 잠자던 몸을, 나른한 근육을 기분 좋게 깨워 준다. 아침 요가는 몸을 깨우기에 제격이다. 팔과 다리를 스트레칭으로 펴고, 목과 어깨를 돌린다. 아침 요가는 몸이 피어나게 해 준다. 내 몸과 마음을 비우는 리추얼이 된다. 그리고 침대를 정리한다. 침대를 정리하면 마음 정리가 된다. 아침부터 걸레질을 하거나 청소기를 돌릴 필요는 없다. 침대만 정리해도 나의 마음이 정갈해진다.

이처럼 나만의 새벽 시간을 통해 몸과 마음을 비운 후, 하루의 일상을 채워 간다. 이런 하루는 쉽게 흥분하지 않으며 희망차고, 활력이 넘친다. 나만의 새벽을 갖는 것, 이것이야말로 단순하게 사는 것이다. 삶의 질을 높이는 비결이다. 불필요한 것들을 없애고 나에게 소중한 가치에 다가가게 된다. 나의 세상이 풍요로워진다.

복잡함에서
단순함으로

작은 집에

산다

작은 집에 산다.
조금은 의미 있게 살고 있다.
느리게, 홀가분하게 살고 있다.
쾌적하게, 가치 있게 살고 있다.
내 마음의 짐을 버리며 살고 있다.

큰 집에서 살 때는 거창한 인테리어에 주눅이 들어 마치 가구나 소품이 집의 주인인 듯했다. 심지어 살림에 둘러싸여 필요한 물건을 찾으려면 어디에 있는지도 몰라 다시 사곤 했다. 물건 찾다가 시간을 낭비하고, 마음은 급해지고, 기

분도 나빠지고, 일도 안 되고…. 어수선함, 그 자체였다. 거대한 인테리어가, 쓰지도 않는 물건이 정작 중요한 일을 방해했다. 무의미했다.

작은 집은 단순하다. 본질도 단순하다. 작은 집에 살다 보면, 본질을 추구하고 싶어진다. 나만을 위한 시간이 늘어나고, 겉치레가 줄어든다. 모든 것이 가벼워진다. 마음에 여유가 생긴다. 삶의 균형이 회복된다. 사랑을 담아 순간순간의 행동에 집중하게 된다. 휴식의 가치를 알게 된다. 삶이 유연해지기 시작한다.

나만의 공간, 작은 집에서 나의 삶을 응원하고, 격려한다. 작은 집에 산다는 것은, 결국 겉치레를 버리고 마음을 비우며 규모 있게 사는 것이다. 이제, 몸과 마음의 균형이 잡혀 간다.

미니멀 하우스의 변천사

마흔 즈음에 라이프 스타일을 바꾸었다. 원인은 병 때문이었다. 이 나이에 병이 났다는 건 잘못 살았다는 것을 뜻한다. 일단은 내 몸이 거하는 집을 단순하게 바꾸었다.

단순한 집은 안정감을 주고 피로를 없애 준다. 2012년 겨울, 소박하고 따뜻하며 절제된 모습을 지향하며 집을 가꾸었

다. 몸이 회복되고, 나와 가족을 가꿀 수 있는 공간…. 일터
에서는 치열하게 사는 것을 피할 수 없으므로 집에서만큼
은 단순한 살림살이로 행복하게 살고 싶었다. 이때 수술을
통해 내 몸속의 양성종양을 떼어 버렸듯이 10년 동안 이고
지고 산 쓸데없는 짐들을 다 버렸다. 그 후 집을 단순하고
편안하게 가꾸기 시작했다.

그러다가 2014년 갑자기 싱가포르로 이주하게 되었다. 그
곳에서 보태닉 가든 같은 콘도를 구했다. 동남아시아의 울
창한 나무들 속에서 숨 쉬며 힐링하고 싶었다. 이 콘도는
곳곳이 동남아시아의 이국적인 초록이들로 둘러싸여 있었
다. 초록이들에 둘러싸여 단순한 삶을 더욱 지향하게 되었

미니멀 하우스 2호   미니멀 하우스 3호

다. 자연 속에 있으면 가벼워지고 싶은 욕구가 생기니까….

이곳 사람들은 파다이(멍 때리기)를 하나의 의식으로 생각
하는 듯했다. 여유로움을 찾고자 노력했다. 내 주변은 항
상 느리고, 느긋했으며, 외국인들이라 남의 눈치를 볼 일
이 전혀 없었다.

평화롭고, 정서적으로 안정이 되는 집이었다. 붉은 벽돌색
의 포인트 벽과 램프가 아름다웠다. 심리학자들에 의하면
빨간색은 사람을 기분 좋게 하는 효과가 있다고 한다. 눈
으로 받아들인 시신경 자극을 통해 아드레날린을 분비시
켜 혈액 순환이 잘 되게 하고, 혈압과 체온을 상승시킨다.

이곳에 살면서 한국의 눈부신 형광등의 거실 문화를 배제
하게 되었다. 이 집은 심지어 천장에 거실등도 없었다. 3개
의 램프로 밤의 거실을 채웠다. 참 아늑하고 좋았다. 매일
매일 창문 밖에서 이국적인 새들이 지저귈 때 잠에서 깨어
나는, 초록이들로 인해 상쾌한 아침을 맞이했다.

우리는 어지러운 일상 때문에 지칠 때가 많다. 그때 가장
필요한 것은 침묵의 시간이다. 집이 포근하면 이 성찰을 위
하여 쉽게 접근할 수 있다.

2016년 초에 다시 한국으로 돌아왔다. 일단 작은 집을 구했
다. 또다시 큰 집에서 물건에 둘러싸여 파묻히고 싶지 않았

다. 어울리지도 않는 거창한 인테리어 속에 주눅 들어 사적인 공간인 집에서조차 소외되고 싶지 않았다.

작은 집에 살면, 가사 노동의 에너지를 효율적으로 사용할 수 있고, 스트레스를 조절할 수 있다. 그러려면 작은 집조차도 단순하게 만들 필요가 있다. 여백이 있다 보니 거실이 빛으로 가득 채워진다.

해외 생활을 하면서 빛의 중요성을 많이 느꼈다. 성경 구절처럼 빛은 곧 생명이었다. 저녁 무렵부터 형광등을 끄고 아늑한 조명을 이용한 후부터 비교적 잠을 쉽게 청할 수 있게 되었다.

이렇듯 주거 공간이 세 번이나 변했지만 심플 라이프를 통해 삶을 더 행복하게 가꾸고, 내가 원하는 삶을 꿈꾸게 되었다. 앞으로 또 주거 공간이 어떻게 변할지라도 심플 라이프를 통해 더 나은, 더 좋은 삶을 꿈꿀 수 있게 되었다.

반복되는 일상에

의미를 부여한다

자극적인 음식이 좋았다. 이제는 단순한 음식이 좋다.
화려한 공간이 좋았다. 이제는 단순한 공간이 좋다.
화려한 옷이 좋았다. 이제는 단순한 옷이 좋다.
단순함은 인간적이기 때문이다.

살림, 심플하게

살림살이는 '살림을 차려서 사는 일'을 뜻한다. 단순한 살
림살이는 비교보다 자주성을, 화려함보다 단순함을 지향
한다. 그 결과, 꾸준히 자신의 습관을 점검하여 스스로 단

순한 살림 시스템을 만들게 된다. 드러내기 위한 인테리어와 발 디딜 틈도 없이 가득 채워진 공간은 단순한 살림살이의 걸림돌이다.

아침 6시에 일어나 하루를 시작한다. 잠자기 전에 써 놓은 일과들을 하나씩 해결해 나간다. 일어나서 명상·확언·시각화·스트레칭·독서·글쓰기를 가볍게 하고, 가족들의 아침식사를 준비한다. 식사는 1인용 트레이에 담아 차린다. 아이들은 균형 잡힌 식사를, 어른들은 소식을 위해서이다. 식구들이 밥을 먹고, 아이들은 학교에 가고, 나는 설거지 후 간단하게 화장을 한 후 일터로 나간다.

결혼 전이나 결혼 초에는 살림에 대해 무가치하게 생각했다. '청소할 시간에 책을 몇 쪽 더 읽을 텐데…. 설거지할 시간에 일을 좀 더 할 텐데….' 이런 식으로 생각했다. 집안일 자체에 대하여 불평이 가득했다. 힘들었기 때문이다. 삶의 방향이 없는 쳇바퀴 그 자체였기 때문이다. 의미 없는 삶이었기 때문이다.

언제부터인가 어떤 삶을 살고 싶은지, 행복한 삶은 무엇인지에 대해 고민하게 되었다. 그러면서 결혼 10여 년 만에 '단순한 살림살이'에 눈을 떴다. 이처럼 단순함은 자주성에 눈 뜨면서 시작된다.

그때부터 자리만 차지하며 사용하지 않는 짐들을 버리기 시작했다. 여백의 공간을 만들기 시작했다. 일단 깨끗하게 지내는 것을 목표로 하였다. 행복의 중심이 나에게 있음을 알게 되었기 때문이다.

이젠 비우기에 대하여 리추얼이 생겼다. 회복의 원천이 집으로부터 나온다는 것을 알게 되었다. 행복도 배워야 하고, 선택해야 하는 것임을 깨닫게 되었다.

이처럼 개인의 가치관, 생활 습관에 영향을 끼치는 것은 살림이다. 이는 곧 개인의 라이프 스타일이 된다. 단순한 살림살이가 중요한 이유이다.

오늘도 청소를 한다

일상은 반복된다. 반복하여 밥을 먹고, 반복하여 설거지를 하며 반복하여 빨래를 한다. 때로는 다람쥐 쳇바퀴 돌리는 듯한 일상, 반복되는 일상이 지겨워서 일탈을 꿈꾸기도 한다.

한 사람이 무술의 대가에게 무술을 배우러 간다. 대가는 무술을 가르치기는커녕 반복하여 물을 길러 오라 한다. 반복하여 밥을 지으라 한다. 반복하여 마당을 쓸라 한다. 어떤 제자는 "내가 이러려고 여기까지 왔나?" 자괴감에 짐을 싸서 하산한다. 어떤 제자는 묵묵히 수행한다. 대가에게 일상이란 배움 그 자체인 것이다. 그들은 일상의 평범함 속에 진리가 숨어 있다는 사실을 안다.

성경은 모든 일을 기도하듯이 하라고 가르친다. 밥을 지을 때도 기도하듯이, 설거지를 할 때도 기도하듯이, 청소를 할 때도 기도하듯이…. 모든 집안일을 효율적이고 차분하게 마무리한다.

기도하듯이 마음을 다하여 일상을 수행하면, 반복되는 지루한 일과에 의미가 부여된다. 리듬이 생긴다. 평범한 일상 속에서 영성을 키우게 된다. 내면을 돌아보게 되고, 조화로운 생활을 하게 된다. 라이프 스타일이 정갈해진다.

오늘도 나는 청소를 한다. 기도하듯이.

경이로운 의식을 치르듯이

토요일 오전엔 보통 집 안 청소를 한다. 집중을 해서 아주 짧은 시간에 끝낸다. 일단, 하루 10분 시간 관리로 평소에 집을 심플하게 정리하는 시스템을 유지하면 청소가 쉽게 끝난다. 살림을 할 때, '배움과 성장' 시스템으로 간다.

어릴 적에는 엄마가 하는 살림이 정말 쉬운 것인 줄 알았다. 그러나 살림이란 것은 쉬운 게 아니었다. 살림도 잘 배워야 하는 것이었다. 의미 없이 청소를 하다 보면 힘들어지고, 특히 등에 땀이라도 차면 기분이 구질구질해진다. '에이, 힘들어. 남들은 도우미가 다 하는데, 아이고 내 팔자야. 짜증나.' 이런 불평하는 마음도 생기고, 몸도 마음도 지치게 된다.

"우리는 아이를 위해 빵에 버터를 바르고 이부자리를 펴는 것이 얼마나 경이로운 일임을 잊어버린다."

알랭 드 보통의 말이다. 그의 말처럼 소소하게 하는 집안일, 살림, 청소 등의 지루한 일상을 경이로운 의식을 치르듯이 리추얼로 만들 필요가 있다.

내게는 더 이상 일반적인 대청소 개념이 없다. 날 잡아서 치우려 하지 않고 하루에 10분씩 눈에 띄게 더러운 곳만 청소한다. 예를 들어, 월요일에 거실에 먼지가 많이 보이면 그날은 거실을 10분 동안 청소한다. 세수하다가 세면대가 눈에 거슬리면 베이킹 소다를 붓고 2분 만에 세면대 청소를 한다. 집이 항상 정리 정돈된 시스템이기 때문에 청소 시간이 오래 걸리지 않는다. 토요일 오전에는 대청소를 하는데, 그래 봤자 30분이면 끝난다. 이것이 바로 청소가 습관화되면 좋은 점이다.

일상이

정갈해진다

　　살다 보면 예상치 못한 일을 당할 때가 있다. 느 닷없이 입원할 일이 생기고, 갑자기 이사를 해야 하는 상 황도 발생한다. 이러한 돌발 상황은 일상을 당황스럽게 만 든다. 이런 때를 대비하기 위해서라도 평소에 주변을 정리 해 두어야 한다.

평소에 주변을 정리해 두면, 일상이 정갈해진다. 더 나아가 인생이 정갈해진다. 자아를 성찰하는 일과 여유로운 삶을 위해 시간을 보낼 수 있다. 삶이 더욱 풍요로워진다.

정리가 안 되면, 나중에는 발 디딜 틈이 없어 숨이 턱턱 막

한다. 이쯤 되었을 때, 사람들은 대청소를 시작한다. 대청소라는 것이 사실은 부담스러운 일이다. 대청소를 하려 하면 어디서부터 어떻게 시작해야 할지 엄두가 나지 않고, 때로는 몸살이 나기도 한다. 그래서 '10분 청소'를 시작했다.

10분 청소를 한다

청소뿐만 아니라 우선순위로 해야 할 일이 있다면 하루 10분 단위로 계획하고 몰입하여 실천한다. 아는 사람이 유니클로에서 일을 한 적이 있다. 유니클로 스태프들은 손목시계가 필수라고 한다. 하루 스케줄이 15분 단위로 나오기 때문이다. 업무의 효율을 높이기 위해 15분마다 하는 일도 바뀌고, 장소도 바뀌고, 쉬는 시간도 바뀐다고 한다. 여기에서 아이디어를 얻었다. 기업에서는 매출과 직원들의 업무 효율을 높이기 위해 연구한다.

우리도 '나'라는 기업을 효율적으로 경영하기 위해 10분 단위로 체크하고 실행할 필요가 있다. 10분이라는 시간은 부담스럽지 않아서 놀이처럼 실천할 수 있다. 눈에 띄는 곳부터 시작하면 된다. 가령 저녁에 세수를 하고 10분 정도 세면대와 변기를 청소한다. 다음 날은 10분 정도 욕조와 욕실 바닥 청소를 한다. 다음 날은 10분 정도 물티슈로 방바닥 먼지를 닦는다. 다음 날은 10분 정도 침대를 정리한다. 청소는 삶을 단정하게 해 준다. 격조 있게 해 준다. 그러나 하기 싫어서 미루다 보면 엄두가 나지 않는다. 이럴 땐 10분 청소가 최선이다. 10분 청소로 짧게, 자주 하다 보면 따로 대청소를 할 일이 줄어든다. 이 심플한 청소법이 일주일, 한 달, 일 년 동안 지속되면 대청소를 하지 않아도 주변이 늘 깨끗하게 정리되어 있다. 손님이 불시에 방문해도 당황할 필요가 없다.

청소뿐만 아니라, 대부분의 인생사에서 하기 싫거나 엄두가 나지 않는 일에 이 10분 사용법을 적용하여 짧게, 자주 하다 보면 어느덧 그 일이 완성되어 있다. 이것이 바로 관성의 힘이다. 10분 청소가 모여 대청소가 되듯이, 더 나아가 10분 자기 계발이 모여 멋진 내가 될 수 있다.

결혼 이후로 집 크기가 계속 작아지고 있다. 더불어 냉장고 크기도 작아졌다. 지금은 346리터 상냉장, 하냉동의 냉장고를 쓰고 있다. 물론 김치 냉장고도 없다. 346리터 냉장고를 쓴다고 하니 지인들의 반응이 냉담했다. "도대체 살림을 어떻게 할래?", "뭐 먹고 살래?", "나는 700리터도 작아서 900리터로 바꿨다." 등의 말을 듣곤 했다.

하지만 내 생각을 실천으로 옮기는 데는 해외에서의 생활 경험이 한몫했다. 해외에서 300리터 대의 빌트인 냉장고를 사용했는데 전혀 문제가 없었다. 그동안 아무 생각 없이 받아들였던 해묵은 고정관념이 많이 깨지게 되었다.

어차피 작은 집에 큰 냉장고는 어울리지 않는다. 거실에도 물건을 쌓아 두지 않으니 냉장고에도 음식 재료를 쌓아 두지 않는 것이 맞다. 덕분에 신선한 재료를 그때그때 구입해서 먹을 수 있는 장점이 있다.

작은 냉장고는 음식이 넘치는 것을 없애고, 군살을 제거하는 데 일등공신이다. 건강에 집중하게 해 준다. 좋은 먹거리, 신선한 먹거리를 늘 신경 쓰게 해 준다. 단순함이 깃든 품위 있는 식사 시간을 제공해 준다. 작은 냉장고가 정답이다!

청소하는 것보다 그 전에 더 중요한 것이 있다. 아무 데나 쑤셔 넣지 않는 습관이다. 비우는 습관이다. 여기저기 쌓아 두지 않는 습관이다. 필요한 것만 소비하는 습관이다. 냉장고 청소도 마찬가지다. 그러기 위해서는 심플한 장보기가 필요하다. 심플한 살림살이를 위해 사실 한국처럼 좋은 곳이 없다. 이유는 배달이 잘 되기 때문이다.

냉장고 선반에 선반용 매트를 깔아 놓는다. 이 아이디어는 호주의 한 펜션에서 얻었다. 그곳에선 모든 싱크대 선반과 냉장고에 매트가 깔려 있는데 물건을 놓을 때 충격이 가지 않아 좋고, 깨끗하게 관리하기 좋다.
실제로 사용해 보면 냉장고 선반이 유리라서 유리 용기와 부딪쳤을 때 충격을 줄여 주고, 냉장고 청소에도 큰 도움이 된다. 용기의 물기가 선반에 바로 묻지 않아서 좋다. 냉장고 트레이에 된장, 고추장, 마늘 다진 용기 등을 분류해서 정리하면 편리하다.

작은 냉장고에는 트레이 한 개 정도면 족하다. 요리한 음식은 그때그때 먹도록 한다. 맨 위 칸에 김치, 장아찌가 있다. 그 다음 칸에 요구르트, 그 다음 칸에 트레이에 담긴 장류가 있다. 가장 아래 칸에 디톡스 주스, 카레, 밥이 있다. 달걀도 적게 포장된 유정란을 산다. 야채실에는 약간의 채소와 과일을 둔다. 바구니로 분류하면 더욱 편하다. 특히나 바구니

에 양파를 보관하면 좋다. 양파 껍질이 떨어졌을 때 바구니
만 털어 주면 되기 때문이다.

이처럼 냉장고가 비어 있으니 청소가 간단하다. 냉장고 안
의 품목을 다 알고 있으니 요리하기도 쉽고, 냉장고 안에서
썩어 나가는 음식 재료는 더 이상 없다. 일주일에 한 번 정
도 물티슈로 닦아 주면 청소 끝이다. 음식물 자국이 전혀
없다. 선반 매트에 음식물 자국이 많이 생기면 매트를 빨아
주거나 새것으로 갈아 주면 된다.
청소는 시스템이 중요하다. 이런 식으로 하면 냉장고 청소
도 10분이면 가능하다. 요컨대 냉장고 청소는 냉장고 비우
기가 정답이다.

10분 청소: 주방

싱크대 청소는 간단하다. 베이킹 소다, 구연산을 뿌려 주고
닦으면 된다. 거름망을 분리해서 베이킹 소다를 뿌려 준다.
배수구에는 과탄산소다도 뿌려 준다. 뜨거운 물을 부으면
세척력이 강하다. 수세미로 닦고, 모서리 부분은 낡은 칫솔
로 닦아 준다. 헹군 뒤 물기를 닦아 준다. 싱크대 주변은 항
상 물기가 없어야 한다. 곰팡이가 끼기 때문이다. 거름망엔
그물망을 끼워 놓는다. 고춧가루 등 미세한 부분까지도 잡
아 주어서 배수구를 항상 깨끗하게 유지해 준다. 고무장갑은

고리가 있는 것이 좋다. 고무장갑과 수세미도 잘 말려 준다. 수세미는 자주 삶거나, 새것으로 자주 교체한다.

가스레인지는 찌든 때가 낄 때까지 놓아두지 않고, 요리 후 얼룩이 있을 때 그때그때 닦아 주는 것이 좋다. 찌든 때를 벗기려면 힘들기 때문이다. 지지대를 걷어 내고 베이킹 소다를 뿌려 준 후 물티슈로 닦는다. 지지대도 물티슈에 베이킹 소다를 묻혀 닦아 준 후 물로 씻어 낸다. 물로 씻은 지지대의 물기를 잘 닦아 주고, 가스레인지 상판의 물기도 잘 닦아 준다. 가스레인지 주변 벽을 물티슈로 자주 닦아 준다. 벽에 음식물이 튀었을 때 제때 닦아 주는 것이 중요하다. 이 또한 10분이면 충분하다.

전자레인지도 찌든 때가 끼지 않도록 자주 닦아 주는 것이 좋다. 유리 원판을 꺼내 베이킹 소다와 구연산을 뿌려 주고 닦는다. 물기를 잘 말려 준다. 내부를 물티슈로 깨끗이 닦아 준다. 문을 자주 열어서 환기를 시킨다.

전기 압력밥솥도 제때 청소하는 것이 중요하다. 압력솥의 상판을 떼어 낸다. 분리한 상판을 베이킹 소다로 닦아 준다. 고무 패킹을 낡은 칫솔로 꼼꼼히 닦아 준다. 상판을 떼어 낸 자리의 밥물 얼룩을 닦아 준다. 상판과 고무 패킹을 잘 말려 준다. 물티슈로 압력솥 하부와 외부를 닦아 주며 압력솥 청소를 마무리한다.

이처럼 주방 청소도 밀리지 않고, 그때그때 하는 것이 최선
이다. 이것은 모든 청소의 기본이다. 평소에 주방을 정리해
두면, 주방 일상이 단순해진다. 모든 것이 10분 이내에 끝
나게 된다. 비로소 가사노동의 짐을 덜게 된다.

정리는

리셋이다

집은 나만의 스토리가 담긴 지극히 개인적인 그릇이다. 힘든 세상살이를 뒤로 하고, 몸과 마음을 녹이는 장소이다. 집 안에서 여백이 필요한 이유이다. 여백의 공간에서 나만의 스토리를 기대한다.

정리는 현재의 공간을 초기 상태로 되돌리는 리셋이다. 필요한 물건만 남긴 후, 찾기 쉽게 수납하여, 일관되게 유지하는 과정이다. 정리 전문가들의 말이다. 언제나 초기 상태로 되돌리는 리셋의 과정을 거친다. 그러나 우리는 아무 생각 없이 물건을 수납장에 쑤셔 넣은 후 청소기를 돌리고는 정리를 다 했다고 생각하는 오류를 범한다.

정리는 세련된 삶을 위한 조건이다. 이를 위해 기본적인 물건만 남긴 후, 수납장에 체계적으로 수납하여 그 상태를 그대로 유지하면서 집 안의 분위기를 전환시킨다. 이에 절제가 필요하다. 합리적인 소비 습관은 필수이다. 모든 물건은 필요성, 합리성의 전제하에 존재한다.

정리가 일상화되면 더 큰 자유를 얻을 수 있다. 하루 일을 끝내고 편히 쉴 수 있는 시간적인 여유를 얻기 때문이다. 자신과 주변을 스트레스로부터 보호하는 방법을 알게 되기 때문이다.

작은 집에 살다 보니 현관 신발장이 수납장의 전부이다. 이것을 학용품과 약상자, 공구상자 등의 만물 수납장으로 이용한다. 바구니에 수납하여 라벨링을 해 놓는다. 정리하면서 품목당 2개 정도만 남겨 놓고 과감하게 비운다.

책은 많이 읽지만 신간을 사서 읽고, 좋은 구절은 필사한 후 중고서점에 되파는 습관을 들였다. 그래서 우리 집에는 매번 책이 20권 정도로만 유지된다. 책도 현관 신발 수납장에 배치한다.

물론 신발이 꼭 필요한 개수만 있기에 가능한 일이다. 수납장의 한 층 정도는 비워 둔다. 주로 맨 위층을 비워 두고 상시적으로 이용한다. 수납장이 한 층 정도 비워져 있으면 숨통이 트인다.

버리기에는 훈련이 필요하다. 이것은 자신의 우선순위를 정하는 능력이다. 때로 집을 치우다 보면 이 능력이 없어서 시간이 하염없이 흘러가기도 한다. 사실 청소기 돌리기는 짧은 시간 안에 끝난다.

일단 작은 일부터 시작하면 된다. 학용품, 문구용품부터 시작하거나, 때로는 액세서리나 양말 장부터 시작한다. 앞에서 말한 10분 청소법을 활용하면 된다. 하루에 10분씩만 시간을 내어 조금씩 시작하면 된다. 기본적인 물건만 남긴다. 정리는 습관이다. 정리를 잘하는 사람은 우선순위를 쉽게 정하고, 정확한 결단을 내리며 효율적으로 업무를 처리한다. 정리를 하지 않으면 결국 시간도 잃게 된다. 요즘엔 '정리력', '청소력'이라는 단어도 생겨났다. 정리, 청소는 실력으로 연결된다.

늘 정리되어 있는 집에서는 '휘게'의 시간도 마련할 수 있다. 일을 마치고 집에 돌아와 가족들과 평화롭고 안락한 환경에서 여유로움을 누리게 된다. 가족들과 행복한 시간을 보내고, 내일을 가뿐하게 기대할 수 있다. 정리부터 하고 볼 일이다.

수납 바구니 또한 최소한으로

우리는 대개 소유한 물건의 20%만 사용한다고 한다. 파레토의 법칙에 근거한다. 20%만 사용하기에, 일단은 물건의 개수를 줄인다. 그리고 그 물건을 바구니에 수납한다.

이때 수납 바구니를 최소화하는 것이 중요하다. 시간이 갈수록 수납 바구니 안에 대충 물건을 쑤셔 넣기 때문이다. 수납 바구니가 최소한으로만 있어야 물건도 최소한으로 정리가 된다.

수납 바구니가 너무 많으면 수납장 안의 공간도 흐름이 막히게 된다. 어느 공간이든 흐름이 중요하다. 흐름이 원활할 때 효율적이고 건강한 삶을 살 수 있다. 풍수학자의 말이다.

정리한 상태를 그대로 유지하는 습관도 필요하다. 물건을 바구니에 수납한 후 그냥 내버려 두면 물건이 점점 늘어나게 되기 때문이다. 그래서 품목별로 구분할 필요도 있고, 라벨링도 필요하다. 예를 들어 견출지, 포스트 잇, 도장, 스탬프 등 품목별로 구분하여 라벨링을 한다. 최소한 어느 물건이 어느 바구니에 있는지 알고 있어야 한다. 필요할 때 찾아서 쓸 수 있어야 한다. 도구를 찾다가 정작 해야 할 일을 하지 못하는 경우도 많기 때문이다. 그렇게 되면 더불어 기분도 나빠진다.

매 순간, 혼란의 원인을 줄이자. 이는 단순한 삶을 즐기는 방법이다.

여백이 주는

이로움

거실, 단순하게

거실은 가족이 편히 쉬고, 가족 간의 사랑을 돈독하게 해주는 공간이다. 심플하게 관리해야 하는 이유이다. 가족이 함께 거하는 공간이기에 화려한 인테리어를 추구하기보다 실용성, 기능성에 초점을 둔다. 가족과 함께 한적한 시간을 보낼 수 있도록 포근하고 편안한 분위기가 좋다. 거실 가구 역시 아늑하고 실용적인 것으로 구입한다.

10여 년 전부터 텔레비전을 없앴다. 가족과 함께 오순도순 둘러 앉아 행복을 맛보며 '휘게'를 느끼기 위해서였다. 과감

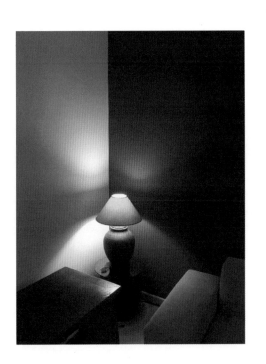

하게 처분하니, 텔레비전이 사라진 공간에서 보드 게임을 하며 가족 간의 유대감이 높아졌다. 청소하기도 더 쉬워졌다.

심플한 거실을 위해 작은 일부터 시작한다. 10분에 소화할 수 있는 것부터 한다. 그러려면 평소에 테이블이나 소파에 물건을 올려놓지 않는 습관이 필요하다. 걸을 때마다 물건이 발에 걸리지 않도록 한다. 그러면 거실 공간의 흐름이 원활해진다. 에너지의 흐름 또한 원활해진다. 그러기 위해 가족 모두가 물건을 제자리에 두는 습관을 가져야 한다.

거실이 깨끗해지면 온 집 안이 훤해진다. 다른 방도 치우고 싶은 관성이 생긴다. 거실을 심플하게 가꾸다 보면 어느덧 가족과의 관계도 화목해지는 것을 느끼게 된다. 가족의 일상을 소소한 행복으로 채우게 된다. 실로 환경이 인간에게 주는 영향력은 크다.

첫아이가 태어날 무렵 거실의 서재화가 유행이었다. 그때부터 텔레비전을 없애고 거실을 서재로 만들었다. 거실의 한쪽 벽면에 바닥부터 천장까지 책장을 놓고 책을 꽂기 시작했다. 퇴근 후 나의 모든 에너지는 아이들 책 읽어 주기에 쓰였다. 후회는 없다. 그 덕분에 아이들의 독서 능력과 자기 주도적 학습 능력이 향상되었기 때문이다. 또 아이들이 텔레비전 보는 시간이 줄어들었기 때문이다.

어린 아이들은 본 책을 반복해서 읽고 또 읽는다. 그래서 책을 살 수밖에 없었다. 그러나 좀 자란 이후에는 본 책을 또 보지 않는다. 그래서 책을 살 필요가 없어졌다. 도서관에서 대여하거나 원하는 책만 구입한다. 자연스럽게 서재화되었던 거실이 여백화되었다.

나는 어설픈 미니멀리스트이기에 융통성 있게 그때그때 필요한 상황에 맞게 삶을 구성한다. 거실의 서재화가 필요하면 서재화하고, 그 필요성이 없어지면 버리고 지금의 목표에 맞는 여백화를 지향한다.
가끔 블로그에서 아기 엄마들이 아기 짐도 많고, 아기 책도 많은데 어떻게 미니멀하게 집을 꾸밀 수 있냐고 묻는다. 그러면 나는 각자의 상황에 맞게 융통성을 갖고 정리하면 된다고 대답한다. 내가 편하고, 가족들이 편하면 그만이다. 어떤 미니멀리스트는 미니멀하게 산다며 아이들의 책과 장난감을 다 처분하는 경우도 있다. 극단적일 필요는 없다. 자신에게 주어진 상황에 맞게 심플하게 사는 것이 최선이다.

라이프 스타일보다 사람이 먼저이다. 심플하게 살기 위해서는 융통성이 필요하다. '어설픈'이라는 말과 '융통성'이라는 말은 일맥상통한다. 이렇듯, 지금은 거실의 여백화를 통해 나의 시간을 유유자적하게 보내고 있다. 쓸데없는 감정에 에너지를 낭비하지 않고, 평정심을 유지하며 단순한 삶

을 살고 있다. 여백의 공간이 주는 이로움은 이처럼 정신에
까지 영향을 미치니, 실로 대단하다.

가구는 동시대의 트렌드를 반영한다. 지금은 북유럽 스타
일이 유행이다. 그 전에는 프로방스 스타일이나 모던 스타
일 등이 유행이었다. 사람들은 트렌드에 뒤처질까 봐 재빨
리 가구를 바꾸기도 한다.
하지만 가구를 쇼핑할 때는 자신의 취향을 정한 후 실용적
인 안목을 갖고 소비할 필요가 있다. 가구는 거금이 들어가
고, 오랜 시간 사용하기 때문이다. 유행을 초월해 기능성과
효율성, 합리성, 행복감 등을 고려해야 한다.

가구의 궁극적인 목적은 기능성, 합리성이다. 가구는 물건
을 관리해 주고, 나의 공간을 가치 있게 꾸며 주면 된다. 가
구를 구입할 때, 가장 기본은 집의 크기를 염두에 두어야
한다. 작은 집에 어울리는 가구, 큰 집에 어울리는 가구가
다르기 때문이다. 집 평면도를 놓고, 어디에 놓을지 생각한
후, 치수를 정확히 재고 구입해야 한다.

가구는 트렌드를 좇기보다 실용성과 개인의 취향에 맞는 것
으로 고른다. 북유럽 스타일, 모던 스타일, 내추럴 스타일, 프
로방스 스타일, 앤틱 스타일 등 자신의 취향에 맞게 고르면
된다. 가구는 절대 충동구매를 해서는 안 된다. 집 안에서 중

요한 것은 인테리어, 가구가 아니라 가족의 화목, 휴식이다.

침 실 , 단 순 하 게

인간은 침실에서 약 삼분의 일의 시간을 보낸다. 하루 종일
시달리고 고달픈 몸을 침대에 누인다. 침실은 쉼을 통해서
회복, 행복이라는 꿈을 꾸도록 걸러 주는 필터의 공간이다.
꿈을 꾸는 공간, 내일을 위해 에너지를 재충전하는 공간, 조
화로운 몸과 마음으로 힐링하는 공간이다.

일을 마치고, 집에 오면 침묵의 공간이 필요하다. 침실을 심
플하게 해야 하는 이유이다. 어지러운 침실에서는 힐링은
커녕 스트레스가 더 늘어나기 때문이다. 무질서한 침실은

내일의 직장에서도 정신을 산만하게 한다.

침실 인테리어야말로 여백이 최선이다. 흔히 먼지만 제거하고선 청소를 다 했다고 한다. 하지만 옷장 문을 여는 순간, 쑤셔 넣었던 옷가지들이 쏟아져 나오면서 일은 두 배로 늘어난다. 침실 가구, 서랍장 등을 비워야 하는 이유이다. 무의미한 물건이 없다면 10분 청소가 가능해진다.

결국 심플 라이프, 정리, 청소는 인생의 본질에 집중하기 위한 수단이다. 침묵의 침실에서는 좋은 기운이 넘친다. 쉼을 얻을 수 있다. 우리의 고단한 몸과 마음은 금세 회복된다. 즐거움이 늘어난다. 여백의 침실에서 얼 그레이 티 한 잔을 마시며 모든 감정이 필터에 걸러져 깨끗해진다. 침대에 누워 가벼운 잠을 청하게 된다. 내일을 기대하게 된다. 고요한 평화로움을 맛보게 된다. 회복을 위한 공간이기에 더욱 아끼고, 자주 청소하게 된다. 10분 동안, 나를 위한 배려로! 나의 침실에는 고요함이 흐른다.

작은 집에 사니, 침실도 작다. 옷장과 침대만 놓았다. 현재, 화장대가 없다. 아침에 화장하는 시간이 10분도 채 되지 않는다. 색조 화장을 하지 않고 기본 화장만 하기 때문이다.

화장대가 없는 대신 넓은 공간이 생겼다. 침실이 작지만 화장대가 없으니 좁게 느껴지지 않는다. 좁은 방이라도 가구가 없으면 크게 보인다. 넓은 방이라도 가구로 가득 차 있으면 작게 보인다. 화장대 대신 철제 서랍장 위에 거울을 놓고 화장을 한다. 화장품은 서랍장 안에 넣는다. 서랍장 안에는 스킨, 로션, 아이크림, 립스틱, 헤어 오일, 선글라스, 손톱깎이 세트, 머리빗 등이 있다.

화장을 위한 서랍장도 물건을 최소화하고, 수시로 비워야 한다. 가만히 놔두면 온갖 샘플과 안경수건 등 쓰지 않는 물건들로 넘쳐나게 된다. 샘플은 여행을 대비하여 파우치에 담아서 여행용 캐리어에 넣어 두는 것이 좋다. 여행용 칫솔, 샴푸, 치약 등을 담은 파우치와 함께 여행용 캐리어에 넣어 둔다. 액세서리는 해외로 이주하기 바로 전에 거의 다 정리했다. 해외로 나가 살면서 잃어버릴까 봐 신경 쓰였다. 이제는 홀가분하다. 비싼 물건을 잃어버릴까 봐 걱정하지 않아도 되니⋯. 이제 액세서리는 거의 하지 않는다.

화장대가 없는 대신, 고요한 방을 얻게 되었다. 이곳에서 홈 트레이닝을 하거나 매트를 깔고 누워 뒹굴뒹굴한다. 소박한 나의 침실이다.

주방, 단순하게

거실, 침실 등을 정갈하게 관리하다 보면 주방 역시 정갈하게 하고 싶은 관성이 생긴다. 주방은 조금만 방심해도 어수선해지기 십상이다. 크고 작은 그릇, 다양한 주방 도구 때문이다. 이를 방지하기 위해서는 단순하게 관리해야 하는데, 그러려면 일단 적게 소유해야 한다. 꼭 필요한 그릇과 도구만으로 정갈하게 살림살이를 한다.

주방은 무엇보다도 청결하게 관리한다. 작은 집에 살다 보니 주방도 작다. 싱크대 수납장도 작다. 그러다 보니 그릇에 대한 욕구도 별로 생기지 않는다. 작은 집의 유리한 점이다. 신상 주방 기계, 이름도 모르는 주방 도구, 주부들의 로망인 비싼 그릇 등을 충동 구매할 수가 없다. 사 봤자 놓을 자리가 없기 때문이다.

싱크대 수납장에는 꼭 필요한 그릇과 도구만 있다. 요리를 하는 상황에 맞게 분류하여 수납한다. 요리하며 서빙까지

일관성 있게 할 수 있도록 동선을 단순화한다. 쓰지 않거나 낡은 도구는 버린다. 쌓여 있는 냄새 배인 낡은 플라스틱 통들도 과감하게 처분한다. 방심하는 사이에 그릇과 도구로 가득 차 버리므로 평소에 수납장을 꼼꼼히 살펴봐야 한다. 최소한 어떤 물건이 어느 칸에 있는지 정도는 기억해야 한다. 저장음식의 유통기한도 확인하고, 냉동실에 쌓여 가는 냉동식품도 확인한다. 10분 청소 방법으로 개수대, 가스레인지 주변, 조리대 등을 시간이 날 때마다 닦아 준다. 아무것도 올려놓지 않는다. 단순하게, 편리하게 관리한다.

우리 집 주방 수납장은 올인원이다. 가운데 칸은 전자레인지와 전기 압력밥솥을 놓고, 맨 위 칸과 맨 아래 칸은 수납을 한다. 좁은 주방을 활용하기 위해서이다. 집이 작아서 물건이 훤히 보이는 것은 더욱 혼란스러워 보인다. 그래서 문이 있는 수납장을 선택했다. 수납장의 맨 아래 칸은 물건을 꺼내기가 쉽지 않으므로 무빙박스를 설치한다. 무빙 박스는 앞으로 잡아당겨 꺼낼 수 있으므로 쌀통이나 세제 같은 무거운 것을 넣는다. 쌀은 적은 양을 사서 페트병에 보관한다. 쌀을 페트병에 보관하면 쌀벌레가 생기지 않고, 공간 활용에도 좋다. 페트병도 재활용할 수 있어서 좋다.

이 작은 수납장은 작은 냉장고 옆에 딱 붙어 있다. 집이 작기에 가로가 긴 것보다 세로가 긴 것으로 선택했다. 때로는 수납할 공간이 작은 것이 유익할 때도 있다. 수납공간을 고려하여 대량 소비를 하지 않고, 물건을 최대한 줄이기 때문이다. 이 안에는 정말 기본적인 것들만 있다. 다용도실의 커다란 수납공간 안에 쓰지도 않을 물건을 쟁여 놓고 사는 사람도 많다. 휴지도, 세제도 싸다는 이유로 대량으로 사서 쟁여 놓고 사는 사람도 많다. 수납공간이 작으면 기본적인 물건만, 필요한 양만 구입하게 되어 경제적이다. 수납장을 정리하는 시간도 줄어든다.

주방 수납공간이 부족하다면 비우기가 필요하다. 주방이 심플해진다. 너무 많은 짐을 실은 배는 가라앉는다. 좁은 주방에 살림살이가 많아지면 마치 배가 가라앉듯이 일상을 유지할 수 없게 된다. 살림살이를 가볍게 유지해야 하는 이유이다.

해외 이주를 위하여 모든 살림을 처분할 때, 살림이 그리 많지 않았음에도 불구하고 버리기가 참 힘들었다. 사실 물건을 버리는 행위는 쉽다. 버리는 품목을 판단하는 것이 어려울 뿐이다. 버릴까 말까 선택의 기로 앞에서 시간이 다 흘러가 버린다. 버리자니 아깝고, 허용하자니 아무것도 못 버릴 것 같고…. 처음에는 골똘하게 생각하다가 나중에는 힘들어서 아무 생각 없이 다 버리게 된다. 때로는 버리지 말아야 하는 것까지도 버리는 해프닝이 생긴다. 물건을 처분한다는 것이 얼마나 힘든 일인지 너무나 잘 안다. 누군가 그랬다. '사는 것은 천국, 버리는 것은 지옥'이라고…. 이제는 버릴까 말까 선택의 기로에 서고 싶지 않다.

공간의 좋은 기운 속에서 가벼운 몸, 가벼운 정신으로 좀 더 나은 내일의 모습을 기대하며, 삶의 의미를 찾고 싶다. 과시용 가전제품보다 실용적인 생활형 가전제품을 구하게 되었다. 무엇보다도 에어컨과 냉장고의 크기를 가장 많이 줄였다. 요즘엔 냉장고 파먹기가 유행할 정도로 냉장고에 대한 스토리가 많다. 음식을 잔뜩 쌓아 놓고 산다는 증거이 다. 그럼에도 불구하고 늘 먹을 게 없다고 말한다. 가득 찬 옷장을 열면 막상 입을 옷이 없는 것처럼….

싱가포르에서 살 때의 재미있는 일화가 생각난다. 한국인 친구가 외국인 친구를 초대해서 그 집에서 함께 식사한 적 이 있다. 친구 집에는 빌트인 냉장고, 본인이 한국에서 가 져온 양문형 냉장고, 김치 냉장고가 있었다. 그걸 본 외국 인 친구가 레스토랑을 하냐고 질문을 한 것이다. 외국인들 눈에는 이렇게 많은 냉장고를 갖고 사는 한국인들이 생소 한 모양이었다.

스스로 단순한 삶을 선택하여 작은 집을 구하고, 음식을 쟁 여 놓지 않고, 장을 가볍게 보는 생활을 한다. 남들이 작은 집에 산다고, 벽걸이 에어컨으로, 저렇게 작은 냉장고로 어 떻게 살림을 하느냐고 비웃는다 할지라도, 공간을 과시하

느라 거대한 가전제품으로 채우는 오류를 다시는 범하고
싶지 않다. 이.제.는.

집 안을 심플하게 가꾸려면 정리 정돈을 미루지 않고 하는
것이 최선이다. 특히나 욕실 청소는 미루지 않는 것이 중요
하다. 더러워질 대로 더러워진 욕실은 혐오감을 주며 스트
레스를 주기 때문이다. 어느 방이든 정리 정돈이 밀려 있으
면 대청소를 해야 하는데, 대청소는 청소할 엄두가 나지 않

게 하는 행위 중 하나이다. 힘들기 때문이다.

욕실은 사실 청소하고 싶은 마음이 별로 생기지 않는다. 그래서 욕실 정리야말로 일상 동작에 포함시켜야 한다. 오늘은 세면 후에 베이킹 소다를 묻혀 세면대를 닦고, 내일은 샤워 후에 욕조를 닦고, 모레는 욕실 바닥을 정리한다거나… 이런 식으로 일상 동작에 포함시켜서 힘들이지 않고, 시간 들이지 않고 조금씩 하면 된다. 10분도 걸리지 않는다. 꾸준히 마음을 담아 조금씩 정리한다.

욕실에는 시간이 지나면서 샘플, 플라스틱 통이 쌓이기 일쑤이다. 욕실이야말로 최소한의 물건으로 단순함을 유지한다. 그리고 사용 후 제자리에 두도록 한다. 세면도구는 찾기 쉬운 위치에 두고, 빈 공간을 유지한다. 원두커피 찌꺼기를 욕실에 두어, 항상 좋은 향을 유지한다.
욕실은 몸이 정화되는 곳이다. 몸을 씻듯이 욕실도 정리하면서 가벼워진다. 욕실을 나오는 순간, 자신의 몸과 마음에 더욱 집중하게 된다. 내 몸에 배인 좋은 향으로 인해 기분 좋아진다.

비상시, 가볍게

빠져나갈 수 있다

    아파트 관리실에서 방송이 나왔다. 5층에서 불이 났으니 대피하라는 내용이었다. 내 평생에 이런 일은 처음 겪어 보았다. 연기가 올라오고 급박한 상황이었다. 그 당시, 경주 지방의 지진으로 인해 심란한 상황이었는데 막상 나에게 이런 일이 터지니 마음이 어지러웠다. 다행히 소방대가 빨리 출동해서 30분 안에 모든 일이 해결되긴 했다.

의외로 침착하게 행동할 수 있었다. 심플 라이프 덕분이었다. 평소에 가장 중요한 문서를 아코디언 파일에 정리해 놓았다. 이 가장 중요한 서류 파일과 은행 OTP카드와 도장이

든 파우치만 들고 수건으로 코를 막고 비상구로 내려갔다. 혹시라도 집에 못 들어가고 호텔이라도 가야 하는 상황이 된다면 돈은 있어야 하지 않겠는가? 몸에는 평소에 쓰는 목걸이형 카드 지갑과 핸드폰을 지니고 있었다.

우리는 무심코 이 시대의 불안한 속도를 따라간다. 단순한 삶은 이런 것들로부터 벗어나 나만의 속도를 존중하게 해 준다. 나의 삶은 내가 존중해 주어야 한다. 그러기 위해서는 복잡하고 어지러운 것들을 정리해야 한다. 작은 실천부터 시작하면 된다. 살다 보면 중요한 서류가 쌓여 간다. 집문서, 보험증권, 계약서, 자격증 등. 이런 서류들을 그냥 장롱 한 구석에 쌓아 두는 경우가 많다. 그러나 중요한 서류들은 잡다하게 내팽개치면 안 된다. 아코디언 파일함을 구입해서 정리하면 하나의 파일로 보관할 수 있어서 좋다. 이 파일함에는 절대 버려서는 안 되는 중요한 서류들이 보관되어 있다.

비상시를 위해서라도 단순하게 살아야 한다. 지극히 단순하고 최소한의 것을 추구하면, 모든 위기에 순발력 있게 대처할 수 있다. 손바닥만 한 수첩엔 각종 아이디와 비밀번호를 기록해 둔다. 살아가는 데 사용하는 인터넷 사이트가 뭐가 그리 많은지…. 이제는 머리로는 기억하지 못한다. 이 수첩에 각종 정보를 기록한다. 기록할 때는 모든 글자를 다 써 두는 것이 아니라 한 칸씩 건너뛰어서 기록한다. 예를 들어

apple이라면 a·p·e. 이런 식으로 기록을 해서 분실하더라도 다른 사람이 해독할 수 없게 한다.

각종 도장, 은행의 OTP카드와 수첩을 파우치에 보관한다. 파우치에 보관하면 업무를 볼 때 이것 하나만 들고 가면 모든 것을 다 해결할 수 있어서 좋다. 파우치야말로 여러 상황에서 쓸모 있는 참 실용적인 물건이다. 중요한 물건은 부피를 줄여 효율적으로 보관하면, 비상시에 더욱 존재감을 발휘하게 된다. 자기만의 원칙으로 정리하면 더욱 효율적이다. 찾을 때마다 허둥지둥하지 않고 쉽게 찾을 수 있어서 깔끔하다. 이 또한 내 삶을 존중하는 작은 실천이다.

다행히 큰 불은 아니었다고 한다. 진화가 끝나고, 집으로 들어가면서 다시 한 번 생각했다. 집 안의 물건은 비상사태 시 아무것도 도움을 줄 수가 없다. 물건을 최소화하는 것이 옳다는 것을 경험하게 되었다.

단순하게 살면, 비상시에 가볍게 빠져나갈 수 있다.

관성의

법칙

모든 물체는 현재 상태를 그대로 유지하려고 하는 관성의 법칙이 있다. 정지한 물체는 그대로 정지하려 하고, 움직이는 물체는 계속 움직이려 하는 성질이다. 이는 비단 물체뿐만이 아니라 사람의 몸도 그렇고, 생각도 그렇고, 습관도 그렇다.

단순하게 살고 싶다면 이 관성을 깨야 한다. 모방 본능의 소비 관성을 깨야 하고, 어느새 자리 잡은 과시욕을 깨야 한다. 입맛을 자극하는 인스턴트 음식을 줄여야 하고, 시시콜콜한 수다만 오가는 수많은 모임을 줄여야 하고, 물건을 쟁여 두는 관성 등을 깨야 한다.

단순함의 관성을 갖기까지는 매우 어렵고 번거로울 수 있다. 그러나 일단 심플 라이프의 관성을 갖게 되면 이것에 관성이 생겨 단순하게 사는 것이 쉬워진다.

심플 라이프, 일단 시작해 보자. 구체적 실천을 통해 정신에 이르기까지 관성이 생기게 해 보자. 쉽게는 버리기를 통해 주변을 정리해 보자. 운동을 통해 군살을 없애 보자. 관성이 생기면 마음도 가벼워질 것이다. 시시콜콜한 모임을 줄여 보자. 진실한 대화를 나눌 수 있는 친구가 생길 것이다. 심플 라이프, 이것은 움직이는 것이다. 구체적인 실천을 통해서 형이상학적인 본인의 철학에 이르기까지 관성이 생긴다.

나만의 시간을

되찾는다

     자기 앞에 주어진 시간을 효율적으로 관리하면 삶
이 단순해진다. 때로는 지루하기까지 한 평범한 일상을 의
미 있게 만드는 것은 단순한 삶이 주는 선물이다.

의식주 해결을 위한 평범한 수고도 마음을 담아 하루 10분
단위로 집중해서 하면 가치 있는 의미가 부여된다. 이것이
하루 10분 코디이다. 하루 10분 코디는 별게 아니다. 그저
그렇게 지나가 버릴 수 있는 10분이라는 짧은 시간을 의미
있게 쓰는 것이다. 직장일뿐만 아니라 하루에 꼭 해야 하는
일들을 포스트잇 리스트에 적어서 하루 10분 단위로 꾸준

히 진행하고, 다 하면 포스트잇을 떼어 낸다. 그리고 여유 시간이 생긴다면, 자기만의 시간으로 삼는다.

주어진 삶을 잘 사는 것은 좋은 행동과 습관으로 인한 것이고, 이렇게 평범한 일상생활을 의미 있게 만드는 것은 좋은 운명을 갖도록 도와준다. 하루 10분을 코디하면, '일상을 여행처럼, 여행을 일상처럼'의 구절같이 평범함과 설렘이 공존하게 된다.

삶이란 자신에게 주어진 길을 묵묵히 걸어가는 것이다. 사람마다 주어진 맥락은 다르지만 누구에게나 주어진 시간은 똑같다. 자신의 길을 성실하게 걷다 보면 언젠가 나름의 인생 작품이 만들어진다. 누구나에게 성실하게 살 권리가 있다. 그래서 시간을 일관성 있고 심플하게 관리해야 한다. '기록을 통한 시간 관리'는 이에 좋은 방법이 되어 준다. 기록이 좋은 습관을 만들어 주기 때문이다.

주간 계획을 기록한다

주간 계획이나 혹은 그때그때 해야 할 일들을 기록한다. 탁상 달력 형태의 다이어리를 쓴다. 일반 다이어리는 들고 다니기 무겁고, 순간순간 메모하기 어렵기 때문이다. 꺼내서 펴고, 페이지를 찾고, 날짜를 찾아서 써야 하는 불편함이 있다. 탁상 달력 형태의 다이어리는 직장이든 집이든 잘 보이는 곳에 세워 놓고, 스프링 안에 볼펜을 집어넣어 언제든 기록하기가 좋다. 가벼워서 더욱 좋다.

마음먹고 계획을 세울 때도 있고, 그때그때 생각나는 것을 기록하기도 한다. 나이가 들어갈수록 그때그때 생각나는 것들이 더 많아진다. 주어지는 역할이 많아지기 때문이다. 기록을 그때그때 하지 않으면 놓치는 것들이 생긴다.

탁상 달력 형태의 다이어리를 직장 책상에도 올려놓고, 집 식탁에도 올려놓고, 화장대에도 올려놓고, 순간순간 메모를 한다. 일을 마무리하면 그때그때 해당 메모에 가운뎃줄을 그어 준다. 뒷면에는 읽은 책의 좋은 글귀를 적기도 하고, 아이들의 기말고사 시험 범위와 같은 메모도 한다.

사용한 시간 포트폴리오를 작성한다

문구점에 가면 시간마다 체크할 수 있는 플래너가 있다. 이것을 플래너로 쓰지 않고, 그 시간에 진짜 한 일을 기록하는 시간 기록 포트폴리오로 사용한다. 플랜은 위의 주간 계획에 항목만 굵직굵직하게 기재하고, 그 사용한 시간을 기록하는 것이 시간의 흐름을 아는 데 유용하다. 마치 가계부를 쓰면 돈의 흐름을 알게 되는 것처럼….

빨간 펜은 쉬는 시간이나 식사 시간, 파란 펜은 자기 계발 시간, 검은 펜은 직장이나 집에서 일한 것을 표시한다. 이 시간 기록이 쌓이다 보면 통계가 나와서 주간 계획을 세우는 데 참고할 수 있다.

이런 식으로 플랜을 짜고, 사용한 시간을 기록하여 피드백을 하다 보면, 주어진 시간에 해야 할 일을 완료하는 습관이 생기게 된다. 일관성 있고 질서 정연하게, 서두르지 않고 일을 진행할 수 있게 된다. 당연히 시간 낭비를 최소화할 수 있다. 거창하게 시간 플랜을 짜지 않고(시간 플랜 짜다가 시간을 더 낭비하는 일이 생기기도 한다.), 해야 할 일의 목록을 그때그때 굵직하게 작성하여 눈에 띄는 곳에 세워 놓고, 한 일들을 세세하게 기록하면 그것으로 시간 관리는 끝이다. 심플하다.

이런 습관을 들이고 나면 일과 휴식을 조화롭게 할 수 있다. 스트레스, 서두름, 분주함이 사라진다. 여유 시간을 만들 수 있어서 풍요로움과 아름다움을 느끼고 명상할 수 있다.

이렇게 시간 관리를 하는 이유는, 직장생활과 가정생활을 하면서 잊혀 가는 나만의 시간을 되찾기 위해서이다. 균형 잡힌 삶을 위해서이다. 나도 모르는, 언젠가 다가올 기회를 잡기 위해서이다. 살다 보면 생각지도 못한 기회가 올 때가 있다. 그러니 나에게 주어진 시간을 성실하게 준비하며, 그

기회를 잡고 볼 일이다.

심플 라이프의 시작은 효율적인 시간 관리에서 비롯한다. 공간에서 자기만의 방을 만들어야 하는 것처럼, 시간에서도 해야만 하는 일을 효율적으로 관리한 후, 자기만의 시간을 만들어야 한다. 자기만의 시간과 공간에서 자아와 차분하게 마주할 수 있는 사람은 유연하다.

시간은 손에 잡히지도 않고, 눈에 보이지도 않는다. 그러나 시간을 어떻게 쓰느냐에 따라 습관이 바뀌고, 그 사람의 운명이 결정된다. 시간을 관리하는 것은 예술이다. 일단 내가 관리할 수 있는 시간이 어느 정도인지 파악하는 것부터 출발한다. 시간은 눈에 보이지 않기 때문에 시각화하여 각인시킬 필요가 있다. 마치 버리기를 통하여 눈으로 여백의 공간을 확인하는 것처럼 시간을 시각화하여 기록하는 습관이 필요하다.

시간을 시각화한다

포스트잇에 하루의 해야 할 일들을 정리하여 시간 기록장의 왼쪽 칸에 붙인다. 그 일을 완수하면 오른쪽으로 포스트잇을 옮긴다. 왼쪽 면은 오늘의 할 일, 오른쪽 면은 오늘의 한 일이다.

포스트잇을 보고 오늘 한 일, 오늘 하지 못한 일을 확인한 후, 오늘 하루의 시간 관리에 대하여 피드백을 한다. 피드백은 연구에서도, 회사에서도, 교육 현장에서도, 더 나아가 삶에서도 중요하다.

목표를 달성하는 사람들은 시간 관리를 하면서 자신의 시간이 실제로 어디에 어떻게 쓰이는지 잘 파악한다. 마치 부자들이 가계부를 쓰면서 피드백을 하며 돈의 흐름을 잘 파악하는 것과 같다. 그래서 자신의 기억보다 기록을 신뢰하게 된다.

맹목적으로 열심히 사는 것보다 효율적으로 사는 것이 더 중요하다. 또한 시간 관리에서 무작정 빠른 속도보다 제대로 된 방향이 더 중요하다. 이것이 시간을 피드백하는 이유이다.

시간 계획을 철저히 세워 자기만의 시간에 자아를 찾고 스스로 성장하는 기회로 삼을 수 있다. 단순한 삶은 시간의 선순환을 일으킨다.

리스트 작성을 습관화한다

매사에 리스트를 작성한다면 좀 더 효율적으로 모든 일을 진행할 수 있다. 단순한 삶을 유지하고 싶다면, 간단하고 실천하기 쉽게 리스트를 하나씩 작성해 나가는 것이 좋다.

잡동사니와 같이 잡다하게 리스트를 작성하지 않고 목적에 맞추어 작성하도록 한다. 상황에 맞게 필요한 것이 무엇인지 따져 본 후 간단하게 리스트를 작성한다. 우선순위를 꼼꼼히 따져 본 후 리스트를 작성한다. 리스트 작성과 정리 정돈을 잘 하는 사람은 자기 관리를 잘해 시간과 에너지를 벌게 된다.

방법은 많다. 공책이나 포스트잇, 블로그에 적거나 스마트폰에 적기도 한다. 리스트는 적는 것에서 끝나는 것이 아니라 완료하였으면 가운뎃선을 긋고 피드백하는 것이 필요하다. 여행에 필요한 리스트, 버킷 리스트, 각자의 생활에 필요한 리스트 등 리스트의 예는 무궁무진하다. 가끔 리스트를 작성하다 보면 예상치 못한 꿈도 생기게 된다. 리스트의 목록을 완수하여 하나씩 지워 나가는 재미는 이루 말할 수 없다.

해외여행을 할 때면 각 나라의 팬시점에 자주 들르는 편이다. 우리나라 팬시와 다른 점을 발견할 수 있는데, 각종 리스트가 종류별로 많다는 것이다. 레시피 리스트, 쇼핑 리스트, 푸드 리스트, 디너 플래너 등. 그들은 이미 일상에서의 리스트 작성이 보편화되어 있는 듯하다. 리스트를 작성한다

는 것은 삶을 단순하게 꾸려 나간다는 것일 게다. 자신의 삶
을 사랑한다는 것일 게다. 자족하며 살아간다는 것일 게다.

스마트폰을 정리하고, 절제한다

단순한 삶을 위해 일상을 소소하게 비울 필요가 있다. 날 잡
아서 거창하게 대청소를 하기보다 하루에 10분씩 정리하면
된다. 한 번에 많은 것을 바꾸려 하다 보면 몸살이 난다. 매일
조금씩, 꾸준한 정리를 통한 발전이 있으면 그걸로 족하다.
그 자체로 습관이 되니까… 이 습관이란 것은 인생을 살아
가는 자세이다. 타성에 빠지기 쉬운 마음을 다스리게 된다.
심플한 습관을 통해 '나'라는 인간을 좀 더 알아 갈 수 있다.

오늘은 스마트폰 앱 정리를 했다. 옷은 옷장에 깔끔하게 정
리했으면서, 중요한 서류는 제자리에 꽂았으면서, 지갑은
언제나 가볍게 정리했으면서, 정작 매일 쓰는 스마트폰은
엉망이었다. 해야 할 일이 너무 많으면 한숨 돌리는 시간
조차 아깝게 느껴진다. 사는 게 너무 바쁘면 멈추기가 쉽
지 않다. 차일피일 미루다가 스마트폰의 용량이 다 차 버리
기 일쑤였다. 당장 필요한 앱을 찾다가 시간 낭비하기 십
상이었다. 스마트폰을 스마트하게 쓰기는커녕 스투피드하
게 쓰기 일쑤였다.

일단 불필요한 앱을 삭제했다. 쌓여 가는 잡동사니들처럼 스마트폰에서도 불필요한 앱이 뭐 그리 많던지…. 일단 폴더를 만들어 정리하기 시작했다. 앞의 정리 요령처럼 스마트폰 앱도 필요한 것과 불필요한 것을 나누어 버린 후, 기억하기 쉽게 폴더에 넣어 깨끗하게 유지하도록 했다.

버리는 데 드는 시간을 줄이기 위해서 합리적인 소비 안목을 키워야 하는 것처럼 스마트폰도 스마트하게 사용하기 위해 앱을 절제하며 다운받을 필요가 있다.

물건을 줄이는 비결은 기본형으로 계속 사용할 수 있으며 내가 좋아하는 것만 남기는 것이다. 버리다 보면 알게 된다. 모든 소비에도 인문학이 필요하다는 것을…. 나를 더욱 잘 알아야 한다. 스마트폰 앱을 10개 정도는 지웠다. 내가 좋아하는 앱만, 내 삶의 기본에 필요한 앱만 남겨 놓았다. 앱을 단순하게 정리하다 보니 속이 후련하다. 시간이 절약된다. 이제는 스마트폰을 말 그대로, 스마트하게 사용하게 된다.

우리나라 국민의 80% 정도가 스마트폰을 쓴다고 한다. 우리나라 스마트폰 이용자의 1일 평균 사용 시간은 4시간 30분에 달한다고 한다. '잠재적 위험군' 지표인 4시간 59분과 차이가 거의 없다. 전 국민이 스마트폰 잠재적 위험군인 것이다. 스마트폰은 처음엔 문명의 편리함으로 다가왔다. 그러나 이제는 그 부작용이 나타나고 있다. 마크 트웨인의 말처럼 필요 없는 것이 끝없이 늘어나는 과정, 그것이 바로 문명인 듯하다.

스마트폰으로 인해 안구건조증도 생기고, 손목터널증후군도 생기고, 거북목도 생기고, 가끔 손가락도 아프다. 때로 스마트폰은 단순한 삶을 방해하기도 한다. 스마트폰을 쥐고 있으면 놓을 줄 모르는 사태가 발생하기도 한다. 심플한 생활을 하고 싶다면서 스마트폰에 시간과 정신을 빼앗기는 것은 어불성설이다. 불필요한 앱이나 사이트를 돌아다니는 것은 정말 시간이 아깝다. 스마트폰으로 바보 같은 일상을 보내는 아이러니라니….

바야흐로 스마트폰 다이어트에 들어가기에 이르렀다. 가벼운 식사를 하면서 다이어트를 무리하지 않게 서서히 진행하는 것처럼, 스마트폰 다이어트도 이런 식으로 서서히 진행하면 된다. 스마트폰 다이어트는 처음엔 쉬운 일이 아니다. 국내 스마트폰 이용자 중 60%가 스마트폰으로 인해 심리적 불안 증세를 느끼면서도 이를 중단하지 못한다고 한다.

뭐든지 습관을 바꾸는 것은 쉬운 일이 아니다. 일단 퇴근 후 집에서는 스마트폰을 비행기 탑승 모드로 바꿔 놓는다. 나에게 집중하는 시간을 되찾기 위해…. 심플 라이프를 통해 시간을 아껴 사용했는데 이 값진 시간을 스마트폰에게 빼앗길 순 없다. 복잡하고 어지러운 세상에 마음을 빼앗기지 않으려 노력했는데, 스마트폰에 마음을 빼앗길 순 없다. 이 얼마나 허망한 일인가? 심플 라이프를 진행한 노력이 헛되다. 스마트폰 다이어트를 통해 책을 읽거나 아이들과 대화를 하거나 운동을 하거나 산책을 하는 것이 더욱 인간적이다. 아니면 조용히 명상을 하거나…. 스마트폰은 스마트한 생활을 위해서만 사용하자. 이것이 스마트폰 다이어트의 본질이다.

한 편의

정물화처럼

바닥에 물건을 놓지 않는 것을 원칙으로 한다. 바닥에 물건이 없으면 청소 시간이 줄어든다. 집에서 청소 시간이 줄어들면 자신이 좋아하는 일을 할 수 있다. 차츰 자유를 얻게 된다.

물건은 가능한 적게 소유한다. 물건이 많으면 관리하느라 시간을 빼앗기고, 결국은 청소가 힘들어진다. 이는 과한 가사노동의 주범이 되기도 한다. 많은 물건으로 인해 가사 도우미의 도움을 받아야 하는 경우도 생긴다. 이는 고정 지출을 늘리게 되고, 더 많은 돈을 벌어야 하는 이유가 된다. 결국 많은 물건으로 인해 내 삶이 돈의 노예가 되어 간다. 이처럼 물건과 삶의 질은 관련이 높다.

보여 주기식의 인테리어는 지양한다. 인테리어로 인해 물건이 늘어나기 때문이다. 아무것도 없는 바닥, 이것이야말로 여백의 공간이다. 아무것도 없는 바닥에 매트를 깔고 스트레칭을 할 수도 있고, 이곳에 러그를 깔고 아이들과 보드 게임도 할 수 있다. 뒹굴뒹굴 엎드려서 책을 볼 수도 있다. 아무것도 없는 바닥은 마음을 편하게 해 준다.

바닥에 물건이 없으면 매번 정리할 필요도 없다. 청소기로 먼지만 흡입하면 된다. 바닥에 물건을 놓지 않기 위해 이제는 소비에 더 신중을 기하게 된다. 합리적인 인간이 되어 간다. 이쯤 되면 마음을 비우기 시작하고, 몸을 비우기 시작하고, 관계를 비우기 시작한다. 철학적인 인간이 되어 간다.

정리하는 것보다 우선하는 것이 있다. 바로 어지럽히지 않는 것이다. 어지럽히지 않기 위해서는 내 삶에 기본적인 것들만 제자리에 존재해야 한다. 이것이 정갈한 집을 위한 본질이다. 이를 위해 선택과 집중이 필요하다.

의식주를 위한 기본적인 물건만 선택한다. 그리고 선택한 물건에 집중하여 나만의 가치를 부여한다. 물건의 개수는

가능한 줄일수록 좋다. 공간의 기운을 가볍게 하기 때문이다. 찾는 시간을 줄이고, 물건을 고유 목적에 맞는 도구로 사용할 수 있기 때문이다. 우리는 물건을 찾느라 정작 해야 할 일을 하지 못하는 오류를 범하곤 한다. 적재적소에 사용할 수 있는 것이야말로 물건의 중요한 가치이다.

어지럽히지 않는다. 청소하기가 쉬워지고, 정말 중요한 일에 집중할 수 있기 때문이다. 집이 어지럽지 않다는 사실만으로도 삶의 질이 높아진다. 어지럽히지 않는 습관은 상쾌한 아침을 맞이하게 해 준다. 편안한 잠자리를 맞이하게 해 준다. 아침과 밤을 이처럼 행복하게 맞이하는 것만큼 기분 좋은 일이 없다. 어지럽히지 않는 것, 그것은 곧 행복을 위한 조건이기도 하다.

욕실과 작은 방 사이에 선반을 놓았다. 이 선반은 평소에 비워 둔다. 올려놓아야 할 물건이 있을 때만 올려놓는다. 다만 작은 화분 하나 정도는 놓는다. 이 화분으로 인해 기분이 좋아지기 때문이다. 이 화분으로 인해 평화로운 공간이 된다.

이 선반은 평소에는 비워 두고, 그때그때 상시적으로 물건을 놓는 곳으로 사용한다. 과일이 있을 때 잠깐 과일을 놓는다. 핸드폰을 이 선반에 잠깐 올려놓는다. 아이들 간식을 올려놓는다. 그러면 아이들이 학교에서 돌아와 간식을 먹는다. 오늘 읽을 책 한 권 정도 올려놓는다. 이 선반은 이런 용도이다. 그 순간에만 필요한 것을 올려놓는 공간이다.

여백의 공간은 생활을 편리하게 한다. 여유롭게 한다. 아름답기까지 하다. 마음이 가벼워진다. 물건이 소중해진다. 비워 두는 공간에서는 감 한 개도 존재감을 갖게 된다. 이런 모습을 보노라면 세잔의 정물화가 부럽지 않다. 이 자체가 정물화가 된다.

단순한 삶은 이처럼 한 편의 정물화와 같다. 시간적 여유와 공간적 여유를 통해 아름다움을 느끼며 자기만의 라이프 스타일을 갖게 된다. 자기만의 생활 패턴을 갖게 되는 것처럼 보람 있는 일도 없다. 자기만의 인생 그림을 그릴 수 있기 때문이다.

옷,

심플하게

베이직 룩을 입는다. 몇 벌만으로도 새롭게 돌려 입을 수 있고, 사계절용으로 가능하기 때문이다.

직장 생활 후 15년이 넘도록 오피스 룩을 입었다. 불편하고, 많은 옷이 필요했다. 몸이 경직되었다. H라인 스커트에 맞춰 입는 상의와 플레어스커트에 맞춰 입는 상의는 다르다. 또 옷의 색깔에 따라 맞춰 입는 블라우스가 다르고, 스타킹의 색깔도 다르며 구두도 옷에 맞게 여러 개를 갖고 있어야 했다.

베이직 룩으로 스타일을 바꾸니 돌려 입기를 할 수 있어서 좋다. 활동하기도 편해서 좋다. 신발도 스니커즈, 단화를 신게 되어 많이 걷게 되어서 좋다. 유행에 신경 쓰지 않아서 좋다. 그럼에도 불구하고 자신만의 스타일을 살릴 수 있어서 좋다. 젊어 보이는 것은 덤이다. 단순함과 실용성을 추구할 수 있어서 좋다. 몸에 딱 맞아 편안하고, 실용적이며, 자연스럽게 움직일 수 있어서 좋다. 그야말로 인체 공학적이다. 무엇을 입을지 고민할 필요가 없어서 좋다. 항상 마음에 드는 옷을 입어서 좋다.

패션 스타일은 단순히 개인의 취향 같지만, 결국 자신의 라이프 스타일과 연결된다. 라이프 스타일에 따라 옷 스타일도 정해지기 마련이다. 결국 자신만의 라이프 스타일을 찾아야 한다.

명품 브랜드일 필요는 없다. 적정한 가격과 품질이면 된다. 활동하기 편하고, 드라이클리닝을 맡기지 않아도 될 정도로 세탁이 쉬우며 좋아하는 브랜드, 좋은 원단, 기본적인 아이템이라면 더할 나위 없이 좋다. 스타일을 될 수 있으면 한두 가지만 추구하는 것이 돌려 입기가 좋다. 무조건 적게 소유할 필요는 없다. 그저 자신의 삶에서 정말 필요하고, 애정템이면 된다. 이미 가지고 있는 옷과 함께 잘 활용할 수 있으면 더욱 좋다. 이쯤 되면 충동구매는 막을 수 있다. 소박

한 衣생활을 통해 기분이 좋아진다면, 아름다움을 추구할
수 있다면 이 또한 기쁘지 아니한가?

재킷이나 코트는 나그랑 스타일을 좋아한다. 재킷, 코트는
대부분 신축성이 없는 원단이라 입으면 어깨가 불편하다.
나그랑 스타일은 어깨가 참 편하다. 단순해 보이는 그레이
혹은 베이지 재킷과 차콜 라운드 티셔츠, 스판 스키니 진은
편안해 보이고, 매력 있다. 안정감이 있어 보인다. 이 단품
들은 다른 옷들과 돌려 입기에도 좋다. 가장 기본적인 스타
일에 가장 기본적인 색상이기 때문이다.

흰색과 블루 계통의 스트라이프 셔츠를 좋아한다. 리넨 원
단이 좋다. 구김 가는 촉감의 리넨은 활동하기에 편하다. 스
트라이프는 화려하면서 안정감이 있다. 앵클 팬츠는 발목
을 드러내어 발걸음을 가볍게 해 준다. 스판 앵클 팬츠는
사계절 내내 입는다. 화창한 날에 이렇게 입고 나가면 발걸
음이 가볍다. 흰색 스니커즈를 신으면 더욱 가볍다. 이 스타
일은 사계절 활용이 가능하다. 정장을 입어야 하는 날에는
스트라이프 셔츠와 남색 앵클 팬츠에 흰색 재킷을 입는다.
이런 스타일은 정장의 느낌도 나면서 캐주얼하다. 정장을
했으나 젊어 보인다. 신선해 보인다. 블루 계통과 화이트의
색깔 조화는 언제나 청량하다. 가장 좋아하는 색의 조합이
다. 날씨가 약간 쌀쌀해졌다면 스트라이프 셔츠와 앵클 팬

츠에 스웨터를 덧입는다. 더워지면 스웨터를 벗으면 되고 추우면 입는다. 남색 스웨터라 잘 어울린다. 때로는 스웨터를 어깨에 걸치기도 한다. 겨울에는 스웨터 차림에 니트 패딩을 입으면 좋다. 이렇게 셔츠와 앵클 팬츠는 사계절용이 된다. 니트 패딩은 엉덩이를 덮어 주는 하프 기장이 따뜻하기도 하고, 멋스럽다. 한겨울에는 셔츠와 니트, 앵클 팬츠에 오리털 패딩을 입는다. 팬츠가 얇으면 안에 히트텍을 껴입는다. 셔츠와 진은 사계절 활용이 가능해서 좋다. 돌려 입기가 다양해서 좋다. 몇 벌의 기본적인 아이템으로 사계절을 돌려 입는다.

데님 소재의 셔츠와 흰 바지는 잘 어울린다. 데님 셔츠는 단추가 똑딱단추일 경우 금상첨화이다. 입고 벗기에 편하다. 데님 셔츠는 매력적이다.

검정 일자 팬츠를 입으면 정장 느낌이 난다. 좀 더 차분해 보인다. 흰색 셔츠와 남색 카디건은 하의에 따라 다양하게 돌려 입을 수 있어서 좋다. 스타일에 변화도 줄 수 있다. 네이비와 화이트, 블랙은 언제나 침착하다. 매력 있다.

옷을 입는 데 가장 중요한 것은 몸이다. 몸의 핏이 좋아야 스타일이 살기 때문이다. 더군다나 나이 들어서 베이직 룩을 입으려면 군살이 없어야 한다. 군살 없는 몸매에, 핏이 좋은 옷을 입고 출근할 때의 기분은 참 좋다. 출근길 발걸

음이 가벼워진다. 옷을 잘 입으면, 기분 좋게 하루를 보낼
수 있게 된다. 자존감도 높아진다.

한때 옷 쇼핑으로 행복을 사려 한 적이 있었다. 옷장 두 칸
으로도 모자라 드레스 룸까지 있었다. 아이러니하게도 옷
은 쌓여 가는데 모임에 입고 나갈 옷은 없었다. 그러면 또
샀다. 소비의 악순환이었다. 옷장을 열면, 나에게 없는 것
만 보이고, 정작 갖고 있는 옷은 보지 못하는 눈 뜬 장님이
었다. 그러니 입을 옷이 없을 수밖에….

작은 옷장이 정답이다

작은 집에 사니 옷장도 작을 수밖에 없다. 옷장이 작으니 옷
을 살 때 신중하게 고른다. 옷이 넘쳐 나면 곤란하니까….
당연히 충동구매도 줄어든다. 옷장 한 칸에 사계절 옷을 다
걸어 둔다. 티셔츠도 옷걸이에 걸어 둔다. 빨래 건조대에서
말린 옷걸이 채로 옷장에 들어가는 것이다. 빨래 개는 데
시간이 절약되어서 좋다. 꼭 비싼 나무 옷걸이일 필요는 없
다. 얇은 철제 옷걸이도 좋다. 옷장 한 칸에 사계절 옷을 보
관하기 때문에 얇은 철제 옷걸이가 필요하다. 자신의 상황
에 따라 관리하면 그만이다.

옷장의 맨 아래 서랍장에는 속옷, 양말, 철 지난 몇 벌의 티셔

츠가 있다. 아래에 서랍장이 두 칸 있는 옷장을 선택했다. 따로 서랍장을 구입하지 않기 위해서였다. 우리 집엔 서랍장이 없다. 그리고 바닥으로부터 떠 있는 옷장을 선택했다. 바닥에 옷장이 닿아 있으면 쌓이는 먼지를 제거할 방법이 없다.

몇 년 동안 손이 가지 않았던 옷은 바로 버린다. 옷장을 열면 당장 입을 옷들만 있다. 옷 고르는 데 몇 분도 걸리지 않는다. 이제 내 옷장에는 옷은 몇 벌 없는데, 모임에 입고 나갈 옷이 많아졌다. 망설임 없이 선택할 수 있다. 기본 스타일의 좋아하는 옷만 있으니까….

자신의 스타일에 맞으면서 실용적인 옷으로 옷장을 채우는 것이 좋다. 어설픈 미니멀리스트이기에, 너무 꼼꼼하게 옷의 개수까지 세어 보지는 않는다. 다만 적게 소유하려고 노력한다. 스타일을 만족시킬 수 있도록 노력한다. 이러한 자신감으로 하루를 편하고 활기차게 보내려고 노력한다. 스타일도 성찰이 필요하다. 균형이 필요하다. 철학이 필요하다. 작은 옷장이 정답이다.

몸,

심플하게

현대인은 몸을 움직일 일이 거의 없다. 노동의 대부분도 앉아서 머리를 쓰는 일이고, 가까운 거리도 자동차로 운전을 하며 가고, 심지어는 휴식을 취할 때도 소파에 누워 TV를 보거나 스마트폰을 본다. 그러다 보니 머리는 뜨거워지고, 몸은 차가워진다. 결국 몸도 아프고, 마음도 아프게 된다. 일상의 노동을 무시하고서는 훌륭한 삶을 살 수 없다. 톨스토이의 말이다.

인생은 시간을 어떻게 사용하느냐에 달려 있다. 시간 활용에는 균형이 필요하다. 한 가지 일에만 시간을 쓰기보다 균형 있게 시간을 사용해야 효율적이다.

단순하게 삶을 가꾸며 우선순위를 몸에 두고 시간을 활용할 필요가 있다. 몸을 관리하면 머리와 마음까지 관리할 수 있기 때문이다. 몸이 곧 나를 말해 주는 것이니까…. 가장 비싼 명품은 곧 나의 몸이니까….

건강한 몸으로 아우라를 발산한다

마음은 건강한 몸 안에 거할 때 평안하다. 지금, 여기에서, 몸이 가장 중요하다. 운동은 몸을 움직이면서 스트레스를 줄이고 호르몬의 균형을 잡아 준다. 건강은 조급증을 낸다고 좋아지는 것이 아니기에, 호흡을 고르며 자신의 수준에 맞는 속도와 강도로 운동하면 된다. 영혼을 위해 기도하듯, 몸을 위해 꾸준히 운동하면 된다. 단, 자신의 몸 상태에 맞게 적당하게 한다.

예를 들어, 하루에 산책 20분, 근력 운동 20분, 요가 20분 정도, 식사는 삼시세끼를 먹되 간소하게 먹기 등이다. 특히나 우울이 찾아올 때면 가만히 앉아서 우울을 더욱 묵상하지 않고, 작은 숲으로 나가서 산책을 한다. 몸을 움직인다. 우울하거나 기분이 좋지 않을 때는 숲으로 가고 볼 일이다.

습관은 꾸준한 노력에 의해 만들어진다. 운동 습관을 기르기 위해 하루도 거르지 않고 꾸준히 반복하는 것이 중요하다. 더불어 간소한 식사와 함께…. 최고의 음식은 적게 먹는 것이라고 한다.

몸이 내 마음에 들면, 살맛이 난다. 몸의 균형이 잡히면, 머리의 균형도 잡히기 때문이다. 몸이 중용을 알게 되면, 머리도 중용을 알게 되기 때문이다. 건강한 삶은 예.술.이다.

식생활을 간소하게 하다 보면 저절로 다이어트가 된다. 영양의 균형을 맞추어 잡곡밥, 채소, 고기 등을 가볍게 먹는다. 그리고 많이 씹어서 먹는다. 마음을 담아 식사한다. 삼시세끼를 일정한 시간에 규칙적으로 먹는다. 불규칙한 식사는 소화를 힘들게 한다. 몸에 좋은 음식을 약간 모자란 듯 먹어야 한다. 매스컴에서 강요하는 걸 그룹의 몸매를 만들 필요는 없다. 각자에게 맞는 표준 체중이 있다. 표준 체중일 때 건강미가 넘친다. 저체중도 비만도 아닌 각자의 적정 체중을 유지할 필요가 있다. 이를 위해 여백의 공간을 만들어 거울 앞에서 자신의 몸을 의식하고 객관적으로 관찰할 필요가 있다.

운동을 하자. 적정 몸무게를 유지하는 데 도움이 된다. 몸이 우선이다. 운동을 하다 보면 내 몸의 소중함을 알게 된다.

운동하기 위해 건강을 유지하게 된다. 운동을 통해 일상의 몸이 승화되는 느낌을 받게 된다. 내 몸의 주인이 되어 몸을 다스리게 된다. 특히 요가 수련을 할 때 이런 느낌이 강하다.

요가 수련을 하다 보면 온몸의 근육 하나하나가 느껴지기 때문이다. 삶의 질은 나를 향한 애정의 시선과 비례한다. 내 몸을 애정 어린 시선으로 관리할 때 삶의 질은 높아질 수밖에 없다. 운동을 하면 체온이 올라간다. 체온이 올라가면 면역력이 강해지는 것은 물론 젊어지는 느낌도 든다. 잠자고 있던 세포가 깨어나기 때문이다. 에너지가 솟아나기 때문이다. 활력이 생긴다. 이 에너지는 아우라를 발산하게 한다.

적절한 운동, 몸에 좋은 식사, 질 좋은 수면을 위한 습관은 쉬운 것 같으나 쉽지 않다. 아는 것보다 더 중요한 것은 실천이다. 자신의 일상이 되어야 한다. 이를 위해 자신만의 생활 시스템이 필요하다. 꾸준히 몸과 마음의 디톡스를 실천하며, 근육을 사용해 준다.

모든 물체는 자신의 상태를 그대로 유지하려고 하는 관성의 법칙이 있다. 이는 사람의 일상과 습관, 행동에도 작용한다. 하던 일만 계속 하고 싶고, 지금의 몸을 그대로 방치하고 싶다. 이런 게으른 관성에서 벗어나 매일 조금씩 변화하고 혁신해야 한다. 몸에도 습관에도 변화와 성장이 필요하다. 이를 위해 꾸준한 노력이 필요하다.

건강하게 살고 싶다면 현재 몸의 관성을 깨야 한다. 일단 시작하면 나도 모르게 새로운 관성이 생긴다. 아우라는 물광 시술을 받는다고, 명품 옷과 명품 가방을 맨다고 나오는 것이 아니다. 심플한 생활, 좋은 습관, 건강한 몸과 마음, 정갈한 나의 주변을 통해 나오는 것이다.

반 신 욕 을 한 다

여백이 있는 저녁 시간에 반신욕을 즐겨 한다. 반신욕은 행복해지는 방법 중 하나이다. 겨울에 손발이 얼음장처럼 차갑고, 혈액 순환이 잘 안 되어서 소화도 잘 안 되고, 머리도 아프고, 찌뿌둥할 때가 종종 있다. 이럴 때 내 몸에 반신욕의 시간을 선물한다. 몸을 따뜻하게 하면 마음도 따뜻해진다. 몸을 깨끗이 하면 마음도 깨끗해진다. 특히 반신욕을 하면서 좋아하는 책을 읽노라면 시간 가는 줄 모른다. 반신욕은 나만의 의식이다. 에쿠니 가오리의 소설 『냉정과 열정 사이』의 여주인공 아오이도 목욕을 하면서 책을 읽곤 했다. 목욕과 책 읽는 것을 좋아하는 아오이….

반신욕은 머리는 차갑고 발은 따뜻하게 하는 두한족열 상태의 목욕법이다. 우리 몸의 면역력을 길러 주고, 노폐물을 배출해 주며 피부를 매끈하게 해 주고 몸속의 혈류량을 증

가시켜 준다고 한다. 다이어트, 미용에도 효과적이다. 굳어진 몸을 풀어 주어 신진대사를 촉진하고 피로회복에 좋으며, 생리통 예방 및 증상 완화에 도움이 된다고 한다. 정갈한 휴식을 가져다주는 것은 덤이다.

반신욕을 하는 시간은 자신을 들여다볼 수 있는 또 하나의 명상의 시간이다. 반신욕을 하며 좋은 생각을 한다. 나쁜 잡념을 버린다. 너무 많은 것을 바라는 탐욕을 버린다. 정갈한 공간에서 몸과 마음을 정화하는 시간이다. 따뜻한 온도와 흐르는 물의 감촉만으로도 충분히 힐링이 된다. 몸과 마음이 평화롭게 흘러가도록 가만히 두게 된다.

좋 은 수 면 습 관 을 갖 는 다

단순한 삶을 지향하노라면 나의 몸을 자주 들여다보고, 건강하고 날씬하게 가꾸고자 하는 의욕이 생긴다. 건강한 생활을 위하여 질 높은 수면은 중요하다. 많은 사람이 수면 시간을 줄여 가며 성공을 위해 일한다. 무엇을 위한 성공이던가? 주변에 휘둘려 수면조차도 제대로 못하기 일쑤이다. 우리 문화는 그동안 질 높은 수면을 과소평가해 왔다. 하지만 수면은 건강한 삶, 질 높은 삶에 반드시 필요하다.

나는 깊이 잠들지 못하는 편이다. 그래서인지 이유 없이 피곤하다. 싱가포르에 살 때는 1년 내내 열대야 때문인지 더욱 깊게 잘 수가 없었다. 잠이 부족해서 우울했던 경험도 있다. 피곤하면 감정도 우울해지는 것 같다. 누구보다도 질 좋은 수면에 대하여 갈급하다.

우리는 인생의 삼분의 일 정도를 잠자는 시간으로 보낸다. 질 좋은 수면은 잠드는 환경, 잠드는 시각, 총 자는 시간 등에 따라 달라진다. 질 높은 수면을 취한 사람은 정서적으로 안정되어 있고, 자신감도 높고, 건강하며 의욕적이라고 한다.

전문가들은 질 좋은 수면을 위하여 10시에서 2시 사이에는 꼭 잠을 자라고 한다. 베개는 어깨 높이와 비슷한 것을 사용하라고 한다. 편안한 잠자리가 되도록 침실을 정리하고 볼 일이다. 침실에서는 잠만 자라고 한다.

질 좋은 수면을 위해, 아무것도 없는 심플한 침실을 만들어야 한다. 지금 나의 침실은 작은 옷장, 침대, 램프밖에 없다. 잠자기 전에 따뜻한 물에 목욕하는 것도 좋다. 이른 저녁에 운동을 하는 것도 좋다. 규칙적인 생활이 중요하다. 잠자기 6시간 전에는 카페인이 든 음식을 먹지 않는 것이 좋다. 그리고 아침에 같은 시각에 일어나야 한다. 약간의 낮잠도 좋다.

충분한 수면은 의욕적인 삶을 위한 기본 조건이다. 심플하게 일과 살림을 관리하다 보면, 잠드는 시간이 행복해진다. 일과를 마친 후, 고즈넉한 램프 아래서 명상을 하고, 바흐를 들으며 캐모마일 한 잔을 마시고 잠자리에 든다. 심플한 습관 및 생활은 좋은 수면을 위해 필수이다. 잠을 잘 잔다는 것은 별것 아닌 것 같아도, 오늘의 기분을 결정하고, 오늘의 기분은 운명을 결정하기도 한다.

다이어트와

심플 라이프의 공통점

다이어트와 심플 라이프의 공통점은 가벼움!
가벼움은 삶의 기쁨이자 지혜!

단순한 생활이 습관화되다 보면 자연스레 시스템이 만들
어진다. 단순하게 살다 보니 어느덧 몸과 음식에 시스템이
만들어져서 다이어트가 저절로 된다. 단순한 삶을 지향하
면서 동시에 다이어트에 대한 약간의 목표를 정하기만 해
도 결과적으로는 지독한 다이어트가 되곤 한다. 가성비가
정말 좋다.

아침 식사는 디톡스 주스나 생야채즙. 점심 식사는 적당히 먹기. 배고프면 간식으로 견과류. 저녁 식사는 나토, 고기나 생선 약간, 어린잎 채소 샐러드, 과일 약간. 배고프면 간식으로 바나나 1개. 간소한 식단으로 준비한다. 몸을 바꾸면 마음이 바뀌고, 삶이 바뀐다.

심플 라이프의 느낌을 이야기하자면 마티스의 「폴리네시아 바다, 폴리네시아 하늘」 그림이 떠오른다. 이 그림을 보면 파란색 배경도 시원하지만, 물고기, 해조류, 새들의 움직임이 모두 가볍고 경쾌하다. 자유롭다. 깨끗하다. 이 그림을 보면 몸이 더욱 가벼워지는 느낌이다. 이런 기분으로 살고 싶다. 이런 몸으로 살고 싶다.

디톡스

건강은 단순한 삶을 위한 기본 조건이다. 반대로 단순하게 살다 보면 건강해진다. 단순한 삶을 통해, 자신을 끊임없이 돌아보며 몸과 마음을 가꾸기 때문이다. 에너지의 원활한 흐름을 위하여 집 안의 독소, 몸의 독소, 마음의 독소를 배출하기 때문이다.

몸에 독소가 쌓이면 에너지 대사가 떨어진다. 몸이 뻣뻣해진다. 관절에 독소가 쌓였기 때문이다. '디톡스Detox, 解毒'의 정의는 인체 내에 축적된 독소, 노폐물을 배출하는 것이다. 독소가 몸 안으로 들어오는 것을 막는 것이다.

스트레스를 다스리는 명상 등도 넓은 의미의 디톡스라 할 수 있다. 스트레스는 몸의 순환을 방해하기 때문에 면역 기능을 저하시키고, 피곤하게 한다. 이렇게 쌓인 마음의 독소를 배출시키기 위해 마음의 근육을 단련시켜야 한다. 주변 환경이나 감정에 지나치게 휘둘리지 않고, 긍정적인 자아상을 그리며 배움과 성장을 즐기고, 좋은 습관으로 웃음 지으며 성찰을 해야 한다.

몸과 마음을 돌보는 일에 신경 써야 한다. 우리는 영양 과잉의 시대를 살고 있다. 하루에 한 끼 정도는 디톡스 주스를 마시며 독소를 빼고 가볍게 소화시키는 것도 좋다.

마음의 디톡스를 위해 숲 산책을 하거나, 운동을 하고, 반신욕을 하며 가벼운 마음을 유지하는 것도 좋다. 질병의 대부분은 습관 병이라고 한다. 과하지도, 모자라지도 않는 중용의 습관을 통해 건강을 유지하는 것이 좋다. 디톡스를 위해서라면, 단순한 생활이 정답이다.

외모,

심플하게

아름다움은 화장이 아닌, 심플한 생활 습관을 통해 만들어진다. 몸의 균형이 깨지면 혈액 순환과 노폐물 배출이 제대로 되지 않아 건강이 나빠지는 것은 물론이거니와 쉽게 붓고, 살도 찌고, 피부도 칙칙해진다. 가볍게 먹고, 적당히 운동하며, 질 높은 수면을 취하도록 한다.

일상을 단조롭게 관리하여 외모를 가꿀 시간을 확보한다. 주변이 어수선하고, 마음에 여유가 없으면 외모를 가꿀 여력도 없어지기 때문이다.

예컨대, 일주일에 3~4회 정도 오이 마사지를 하며 피부에 수분을 공급하고, 마스크 팩을 꾸준히 하며 영양을 보충한다. 질 높은 수면을 취하려 노력한다. 날이 추워지면 일주일에 2~3회 반신욕을 한다. 욕조에 몸을 담그고 있으면 혈액 순환도 잘 되고, 기분이 좋아진다. 이처럼 심플한 생활은 외모를 가꾸기 위한 기본 조건이다.

가볍게 먹는 습관, 질 높은 수면 습관은 좋은 피부를 위한 최선이다. 오이 마사지를 하는 것보다 오이를 먹는 것이 더 좋다고 하지 않던가? 피부를 위하여 일단 정크 푸드부터 피하고 볼 일이다. 세수를 깨끗이 하고, 꾸준히 수분과 영양을 보충해 준다. 피부 또한 스트레스의 영향을 받는다. 젊은 시절, 큰 시험을 앞두고, 뾰루지나 여드름이 많이 났던 경험이 누구나 있을 것이다. 피부를 위해서라도 긍정 마인드를 갖추고 볼 일이다.

나이가 들어갈수록 머리카락이 얇아지고, 숱도 없어진다. 바야흐로 머리카락을 관리할 타이밍이 온 것이다. 생각을 너무 많이 하거나, 스트레스를 받으며 운동을 하지 않으면, 머리는 뜨거워지고, 하체는 차가워진다. 열이 위로 뜨면 두피에 지루성 피부염이 생기기 마련이다. 두피 건강을 위해서라도 스트레스를 조절하고 볼 일이다. 시간이 되면 스스로 두피 마사지를 하는 것도 좋다. 이것도 때론 귀찮을 때가 있지만 건강한 두피를 위해 꾸준히 하면 좋다. 이처럼 몸을 위한 작은 습관의 반복이 아름다움을 위한 조건이다. 자신의 머리카락을 제대로 관찰하는 것이 중요하다. 그래야 관리하기가 쉽고, 헤어스타일 연출도 쉽기 때문이다. '딱 내 스타일'인 헤어처럼 기분 좋은 일도 없다. 자신의 머리카락을 있는 모습 그대로 받아들이고 볼 일이다. 아끼고 존중하며 잘 관리해야 한다.

아름다운 외모는 성형이 아닌 내면과 깊은 관계가 있다. 극심한 스트레스로 20대부터 흰머리가 수북한 친구가 있었다. 10년 동안 온 얼굴을 덮은 여드름으로 고생하는 친구도 있었다. 내면의 평화로움은 자연스럽게 몸의 건강과 아름다움으로 표현되기 마련이다.

심플하게 살다 보면 아름다워진다. 외모를 가꾸는 것은 결국 내면을, 습관을 가꾸는 것이기 때문이다. 긍정적인 생각, 몸의 균형을 맞추는 습관을 들이고 꾸준히 실천하고 볼 일이다.

밥상,

심플하게

      균형 잡힌 몸과 마음을 갖고 싶다면, 몸과 마음의 디톡스가 필요하다. 절제된 음식, 디톡스를 통해 절제된 습관과 몸을 갖게 된다. 이를 위해 단순한 밥상으로 차려 먹는다. 반찬 수는 서너 가지를 넘기지 않고, 소박한 식단으로 차린다. 재료 손질이 쉽고, 조리 방법이 간단한 요리를 한다. 김치찌개, 현미밥, 가지나물, 김 정도로…. 단순한 밥상은 재료의 식감을 살리고, 요리하느라 너무 많은 에너지를 쓰지 않게 한다. 다만 먹을 때는 마음을 담아mindfulness, 有心 먹는다. 신문도 보지 않고, 스마트폰도 내려놓고, TV도 보지 않고, 식사만 한다. 맛을 음미하고, 그 시간을 향유한다.

1분이 아까운 아침식사 시간에도 여유롭게 식사하려 노력한다. 그러면 하루가 여유롭다. 마음을 담아 천천히 씹다 보면 감사의 마음이 생긴다. 의미 있는 식사는 삶의 질을 높인다. 삶, 그것은 순간순간 의미를 발견하는 것이다. 음식과 관련된 리추얼의 일상은 참 많다. 그래서 좋은 레스토랑에서 프러포즈를 하나 보다.

단순한 밥상은 몸을 가볍게 하고, 위장에 흡수도 잘 된다. 한 끼 식사이지만, 식사에 나만의 의미 있는 리추얼을 부여하는 것도 좋다. 좋은 일만 떠올리며 인생의 매 순간을 즐기라는 오노 요코의 말처럼. 아메리카노 커피와 함께 프렌치토스트를 먹을 때면 기분이 좋아진다. 어릴 적에 엄마가 식빵에 달걀물을 묻혀 구운 뒤 설탕을 뿌려 주시면 그 자리에서 다 먹어 버렸던 달콤한 기억 때문이다.

건강한 사람은 일단 가볍다. 가벼운 몸을 위해서는 질 높으면서 가볍게 먹는 것이 중요하다. 가벼운 식사이지만 영양가가 높고, 맛있으면 더욱 좋다. 현미밥, 샐러드, 한 줌 견과류에 직접 만든 토마토소스를 뿌려 먹는다. 외식을 할 때도 가벼운 메뉴를 고르려고 노력한다. 가볍게 식사하면서 분위기를 낼 수 있는 곳을 찾아다닌다.

최소한의 소비를 하듯이 음식도 필수 영양소만 적당량 섭취

하는 것이 좋다. 작은 접시, 그릇을 사용하면 양을 적게 먹을 수 있어서 좋다. 요리 시간을 단축시키고, 간소하며 균형 있는 식사는 이래저래 삶의 질을 높인다. 때로는 유기농 빵과 사과 한 쪽, 얼 그레이 티를 마시며 아침을 맞이한다. 깔끔하고 가볍다. 이런 소소한 일상을 통해 재미를 느낀다. 소박하지만 정갈한 식탁에서 좋아하는 음악을 들으며 감사 기도를 하고 맛을 음미하는 식사 시간이 되도록 한다. 이처럼 삶을 즐긴다는 것은 감사함으로 자신의 삶을 받아들이고, 작은 기쁨으로 가득하며 소박한 음식을 즐길 줄 아는 것이다.

과유불급過猶不及은 지나친 것은 미치지 못한 것과 같다는 뜻이다. 음식도 약간 모자란 듯 먹을 때가 가장 좋다. 모든 일에는 여분을 남겨 두어야 아름답다. 인생도 약간 모자란 듯 살라고 한다. 일을 할 때도 70%의 에너지만 쓰고, 나머지는 돌아볼 여유를 갖게 남겨 놓으라고 한다. 매사에 조금 모자란 듯한 것이 최선이다.

가볍게 장을 본다

사흘에 한 번 정도 집 앞 슈퍼마켓에서 장을 본다. 그러다 보니 냉장고가 작아도 괜찮다. 냉장고에는 발효 음식, 상하기 쉬운 음식만 저장한다. 먹고 싶은 것은 그때그때 장을 봐서 그날 혹은 이틀 안에 다 먹는다. 우리는 무의식중에 냉장고를 꽉꽉 채워 넣는 습관이 있다. 오죽하면 냉장고 파먹기가 유행이다. 냉장고만 파먹어도 한 달 동안 살 수 있다고 한다.

냉장고를 비우면 된다. 그날그날 먹을 것만 가볍게 구입하면 된다. 이쯤 되면 대형 양문형 냉장고도 필요 없다. 대형 마트에 가서 장을 보는 것보다 집 앞 슈퍼마켓에서 필요할 때마다 장을 보는 것이 시간도 절약된다. 식비도 줄어든다. 음식물쓰레기도 거의 없다. 제철 과일과 채소를 신선하게 먹을 수 있다. 그날그날 먹고 싶은 것으로 장을 본다. 이렇게 살다 보면 장보는 게, 요리하는 게 어릴 적 놀던 소꿉놀이처럼 재미있어진다. 요리도 화려하게 꾸미는 것은 하지 않는 편이다. 소박하면서 자연의 맛을 담은 요리를 한다. 소박한 요리가 식감을 더욱 살려 주고, 효소도 만들어져서 좋다. 가볍게 장을 봐도 되는 이유이다.

내가 먹는 음식이

곧 나의 몸이다

소박한 식사를 하면서 알게 된 것이 하나 있다면, 내가 먹는 음식이 곧 '나'라는 사실이다. 내가 먹은 음식에 따라 몸이 변하고, 때론 마음도 변한다. 음식을 통해 몸과 마음을 튜닝할 수 있다. 현악기를 연주해 본 사람들은 안다. 튜닝이 되어 있지 않으면 연주를 제대로 할 수 없다. 몸도 튜닝이 제대로 되어 있지 않으면 조화로운 삶을 살 수가 없다. 몸의 튜닝은 음식과 운동으로 할 수 있다.

건강한 몸을 위해 자신만의 일상 규칙을 세울 필요가 있다. 아침에 일어나 물 한 컵을 마신다. 가끔은 사과식초 한 숟가락을 타서 마신다. 공복 시간에도 가능한 물을 마시려고 노력한다. 가능한 소식을 한다. 새싹채소를 자주 먹으려고 노력한다. 새싹은 우리 몸을 봄과 같이 만들어 준다고 들었다. 쉽게 구할 수 있는 콩나물, 숙주나물, 어린잎 채소 등을 먹으려고 노력한다. 현미밥을 먹는다. 미역, 김을 자주 먹으려고 노력한다. 미역은 칼로리도 낮고, 우리 몸에 두루두루 좋다. 양배추, 토마토, 오이, 당근, 파프리카 등의 채소를 자주 먹으려고 노력한다. 사과 혹은 제철 과일을 자주 먹으려고 노력한다. 유산균, 청국장 환을 매일 먹으려고 노력한다. 매실차를 자주 마시려고 노력한다. 밀가루 음식, 흰 밥, 흰 설탕, 인스턴트 음식을 최대한 자제한다. 인스턴트 음식은 한 끼만 먹어도 몸에 해를 끼친다고 한다. 적당한 단백질, 지방, 섬유질, 소량의 탄수화물이 포함된 질 좋은 식사는 한 끼만 먹어도 몸이 회복된다. 무엇보다 적게 먹는 것이 중요하다.

그러나 이러한 일상의 원칙을 지키는 것이 쉽지만은 않다. 부지런해야 한다. 사과가 있어도, 오이가 있어도, 양배추가 있어도, 깨끗하게 씻어서 깎아 먹는 것이 쉽지가 않더라는…. 그래서 관성이 생기게 해야 한다. 습관을 들여야 한다. '하다 말고, 하다 말고'를 반복하게 된다. 그래도 멈추지 말고, 꾸준히 하자. 내가 먹는 음식이 곧 나이기 때문이다.

Epilogue

사람은 누구나 인정받고 싶어 한다. 매슬로의 욕구 5단계 중 인정받고 싶은 욕구는 3단계에 속한다. 누구나 칭찬에 목마르고, 주목받고 싶어 하며, 나름의 지위를 통해 존경받고 싶어 한다. 그러나 인정 욕구가 지나치면 과시욕이 된다. 번듯한 명함, 큰 평수의 아파트, 외제차, 명품 가방 등을 통해 남에게 인정받고 싶어 한다. 심지어는 자녀의 상위권 대학 입시를 통해서도 인정받고 싶어 한다. 그러다 보면 늘 갈증이 난다. 단순한 삶이 필요한 이유이다.

자신감이 넘치는 사람은 남에게 보이기 위해서가 아니라 자기 스스로를 인정해 주는 것에 집중한다. 자신에게 집중하다 보면 행복은 저절로 따라온다. 파랑새는 아주 가까이에 있기 때문이다. 이것이 단순한 삶의 본질이다.

내가 내 인생을 스스로 결정하는 것을 자립이라 한다. 반면, 남들이 결정하는 것을 의존이라 한다. 아들러의 말이다. 우리는 자기 인생을 스스로 선택하여 살아갈 때 자유롭다. 단순한 삶을 살다 보면 자립하게 된다. 타인의 시선으로부터 벗어나, 있는 그대로의 모습으로 나답게 살아가기 때문이다. 타인의 기대에 맞추느라, 누군가에게 잘 보이고 싶어서, 또는 무시당하기 싫어서, 나답게 살지 못하는 의존적인 삶을 벗게 된다.

단순하게 산다는 것, 그것은 곧 '자립'이다. 나의 삶을 스스로 존중하는 것이다. 나의 가치를 축하하는 것이다. 비로소 행복의 문턱에 한 걸음 다가가게 된다.